Ernst Hunziker isch im Jahr 1955 z Boltige, im Sime-tal, gebore. Nachere Lehr als Spängler-Installateur isch er zum Tal us u läbt syt 1980 ufem Bödeli, em Gebiet zwüschem Thuner- u Brienzersee.

Gwärchet het er ufem Flugplatz Interlake als Flug-zügspängler u später bi der Gmeind Interlake als Aa-lage- u Materialwart bi der Füürwehr. Ab 1999 isch er Kommandant vo der regionale Zivilschutzorgani-sation Jungfrou gsy.

Mittlerwyle isch er pensioniert.

Syt Jahre schrybt er Mundartgschichte, Romän, Krimis u o Volkstheater.

D Büecher sy im Buechhandel erhältlech. D Thea-ter bim Elgg Verlag in Belp.

Wyteri Informatione über e Outor u sys Schaffe stöh uf der Websyte www.ernsthunziker.ch

Ernst Hunziker

Didgeridoo
www.

Mundartgschichte

Die zwo Gschichte sy i de Jahr 1997 (Didgeridoo) u 2001 (www.) entstande. Jedi für sich isch denn als chlyni Broschüre erschine. Für das Büechli hie, han ig se no chli überarbeitet.

Bibliografische Information der Deutschen Nationalbibliothek:
Die Deutsche Nationalbibliothek verzeichnet diese Publikation in der Deutschen Nationalbibliografie; detaillierte bibliografische Daten sind im Internet über http://dnb.dnb.de abrufbar.

2013, 2018 neue, überarbeitete Auflage
© Ernst Hunziker
Senggigässli 35
3800 Matten
ernsthunziker@icloud.com
www.ernsthunziker.ch

Herstellung und Verlag:
BoD- Books on Demand
Norderstedt
Printed in Germany
ISBN: 9783748110705

Didgeridoo

«Ihre nächsten Anschlüsse: Nach Interlaken West, Gleis 1. Nach Frutigen, Kandersteg ...», tönts usem Lutsprächer, währenddäm der Wyss Gottlieb sys Fahrtekontrollheft usfüllt. Är wartet uf syner Gescht. Gescht, won er all Tag mit em Kursbus vom Bahnhof z Spiez, bis uf Äschiried ueche transportiert.

«Wär stygt äch y?», überleit er u fahrt sech mit beide Händ dür syner graue Haar. Der Gottlieb fragt nämlech syne Passaschier öppis derna. Är isch no eine vo dene, wo sech fröit, wen er mit öpperem cha gsprächle. Aber er isch ganz u gar ke Laferi! O nei! We me em Gottlieb öppis aavertrout, de cha me ganz sicher sy, dass er das Wüsse nid wyter git. Das schetze d Lüt a ihm. Är isch e guete Zuehörer. U wen er ds Muul uftuet, de chunnt kes oberflächlechs Gwäsch use. Was er seit wird überall akzeptiert u gschetzt. Sys Wort het Gwicht.

«Eh lue jetze da, der Benjamin! Was machsch de du, amene heiter hälle Vormittag, hie z Spiez unde? I ha gmeint, du blybisch der ganz Summer uf der Alp?», tuet der Chauffeur erstuunt.

«Sälü Gottlieb», erwideret der Benjamin. «Ja, gäll, das isch e Überraschig! I has ja sälber o fasch nid gloubt. Aber du weisch ja, dass i uf d Alp o mys Didgeridoo (uf Bärndütsch seit me däm Ditscheriduu) mitgno ha. Das i syt Jahre mit däm Instrumänt meditiere, weisch äbefalls. Letschte Winter han i einisch d Müglechkeit gha, mit ere Rockbänd zäme Musig z mache. Nume probehalber. I cha der säge; so richtig schöne Rock u daderzue di Schwingige vo mym Instrumänt – das geit eim de chalt düre Rügge ab! Ytem. Di Rockbänd isch jetze zu chli emene spezielle Uftritt yglade worde. Du hei si sech gseit, e spezielle Uftritt erforderei o spezielli Ideeene. Si hei sech a mi zrugg erinneret u so han i dörfe ga hälfe Musig mache. Es isch e tolli Fuer gsy. Du hättisch di Zuehörer sölle gseh, won i ihne ha erklärt, dass das Didgeridoo zu de eltischte Instrumänt ghört, wos uf dere Wält git. U dass es no hütt vo de Aborigines z Australie gspilt wird. Was söll jetzt das Instrumänt i der moderne Musig? Di Frag isch ne völlig us de Ouge useggumpet. Ds Mitmache, ds Usflippe u allgemein d Reaktione vom Publikum, hei mer aber du zeigt, dass i dermit bi aacho. Ja, di Fuehr het geschter am Aabe z Murte stattgfunde. U jetze bin i halt wider ufem Wäg uf d Alp ueche.»

Der Berset Benjamin isch nid eine, wo me landlöifig als «gwöhnleche Mönsch» würdi bezeichne. Das gseht me ihm scho üsserlech aa. E verwildereti Mähne, verwättereti Gsichtszüg – obwohl er ersch guet Dryssgi isch – u dünn i der Poschtur. Gäderig fasch. Syner Füess stecke mängisch i Sandale, wen er nid barfuess underwägs isch. Socke schynt der Benjamin i sym Chleidersortimänt kener z ha. Vo wäge Chleider! O hie schynt er nid ufene grossi Resärve chönne zrugg z gryffe. Trotzdäm cha niemer säge, dass er nid pflegt wäri. I Sache Suberkeit chame däm Maa gar nüüt aahänke. Aber o ufere andere Äbeni schynt er nid der Norm z entspräche. We me nämlech meint, längi Haar un es usgflippts Usgseh zügi outomatisch vo wenig Intelligänz, de isch me de bim Benjamin ufem lätze Dampfer glandet. Är isch sehr beläse, het ganz es grosses Allgemeinwüsse u sy Naturverbundeheit – u dadermit natürlech o sy Kenntnis vo verschidene Naturheilrichtige – zeichne ne us. Är ghört aber o zu dene, ehnder sältene Usnahme, wo vo däm Wüsse nume wyter git, wen er gfragt wird u wen er ds Gfüehl het, dass sys Wüsse öpper o würklech brucht. Als Allerwältsguru eignet er sech so wenig, wie als Wanderprediger. Obwohl ers mit dene lengschtens chönnti ufnäh.

Der Benjamin pflegt o e eigete Läbesstyl. Nach em Gymnasium het er sech intensiv mit der Australische Kultur aafa befasse. Het überall chli gwärchet für ds Gäld z verdiene, wos halt brucht, für dä entfärnti Kontinänt ga z bereise. Är isch mittlerwyle schon es paar Mal dert gsy. Me cha säge, dass er e Kenner isch vo däm Land. Äs versteit sech vo sälber, dass er nid als Tourischt dert übere isch. Är het wölle Land u Lüt lehre kenne. Gspüre, was dert no a Urchreft umenand isch. Urchreft, wo mir hie, im vom Kommerz überfluetete Weschte, nümme chöi wahrnäh. Dä jung Maa isch aber o i der Schwyz je lenger je meh e Eigete worde. E Ussesyter. Är het sech nach syne Naturreise nümme so rächt mit üser hektische Wält chönne aafründe. Zuefälligerwys het er imene Chloster im Fryburgische, i der Nechi vo Charmey, Underschlupf gfunde. Bi dene Mönche isch er düre Winter dür Husbursch u cha sech so sy Läbesunderhalt verdiene.

Im Summer hets ne z Alp zoge. Dert, umgä vo der Bärgwält, dert, wo me d Naturchreft no gspürt, dert ischs ihm wohl. Är geit jetze scho ds füfte Jahr z Bärg. Uf e Mittelbärg, zwüsche Latreje u Schwalmere. Dert obe, i däm riisige Chessel, z Hinderscht im Suldtal, findet er das, wo für ihn i üser Schwyz no stimmt. Är macht dert obe alls, wo imene Alpsummer halt so aafalt. D Chüejer möge ne. Ja, si hei ne sogar gärn. Trotz syne mängisch für si komische Ystellige. Trotz sym, für Chüejer untüpische Usgseh. Trotz sym frömdländische Instrumänt. Oder hei si ne äch gärn, äbe grad wäge all däm? Wär weis?

Jedefalls sitzt jetze der Benjamin Berset näbem Wyss Gottlieb im Bus. Zäme fahre si gäge Hondrich zue.

«U wie geits de dir?», wott der Benjamin vom Gottlieb wüsse.

«Ja, was söll i säge? Im Momänt gspüren i ds Wätter. Das isch halt für mys Härz scho nid grad so guet, aber was sölls. Uchrut chunnt nid um!»

«Verzell nid settige Seich», ergelschteret sech der Benjamin. «Du söttisch halt weniger bügle u chli besser zue der luege. Aber das sägen ig dir ja scho syt mir üs kenne. Nume hets bis jetze no nüüt gnützt!»

«Ja, was söll i de? I cha doch nid eifach zu mym Chef gah u däm säge, der Dokter heigi mi zu füfzg Prozänt chrank gschribe. Klar. Für e Momänt chönnti är mi sicher halbtags aastelle. Aber uf Duur use hätti das i mym Bruef ke Zuekunft. U de gang suech öppis, i der hüttige Zyt. Mit füfefüfzgi. U de ersch no als Härzchranke. Nenei, Benjamin. Da mues i jetze derdür. I probiere, bis zweiesächzgi düre z ha u de tuen i mi de früehzytig la z pensioniere. I hätti de Zyt für myner Chüngle u für myner vile Büecher. U ja, de hätti de o meh Zyt, für di uf d Alp cho z bsueche.»

«Gottlieb, dys hätti u würdi, dys de chönnti de, gfallt mir nid! Du läbsch hütt u nid ersch i sibe Jahr. Läb jede Tag so, wie wes di Letscht wär. Das isch mys Motto. U dass du dym Chef nüüt vo dyre Chrankheit wosch säge, verstahn i o nid ganz. Aber schliesslech isch das dy Entscheid.»

Z Äschi styge wyteri Lüt i ds Poschtouto y.

«Los, seisch aber würklech niemerem öppis vo myne Problem, gäll», chüschelet der Gottlieb. U me merkt, dass es ihm schwär fallt, über die z rede.

«Nenei, muesch ke Angscht ha. Das blybt under üs. Syt du mir das – wie lang isch es här? Öppe vier Jahr? – verzellt hesch, han i mit niemerem da drüber gredt. Nume dünkts mi, du heigisch i dere Zyt nid gsundet. U du kennsch mi. I bi kene, wo seit, was d Lüt wei ghöre. Drum Gottlieb säge ders grad no einisch: Du gfallsch mer nid! U o we du als Ledige, wo kener Aaghörige meh het, meinsch, du sygisch niemerem verantwortlich, so stimmt das äbe nid ganz. Du bisch z Minscht dir u dym gschänkte Läbe gägenüber verantwortlich. U o chli mir gägenüber», brümelet der Benjamin, ehnder zu sich sälber.

Aber der Gottlieb het ne scho verstande – nid nume em Ton a. Är weis zwar nid warum, aber si Zwee hei der Fade zunenand sofort gha.

Scho ds erschte Mal, wo der Gottlieb em Benjamin uf der Alp begägnet isch, hei di beide aafa gsprächle. U zwar nid über ds Wätter, d Chüe, d Milchleischtig u über ds Chäse. Nei, si hei aafa philosophiere über Gott u d Wält. U daderby hei sech di beide inere fasch beängstigende Gschwindigkeit gfunde. Beid hei gspürt, dass si so öppis wie verwandti Seele zunenand hei. U beid hei o gwüsst, was dermit gmeint isch.

«Also, la mer de di Andere dert obe la grüesse», verabschidet der Gottlieb sy Fahrgascht.

«Ja, un i erwarte di am nächschte Sunntig zum Bärgdorfet», erwideret der Benjamin.

«Säbverständlech! I fröie mi ja scho lang uf dä gmüetlech Tag.»

Der Benjamin stygt us u trappet z Fuess i Richtig Pochtefall hindere, der Alp zue.

Em Gottlieb längts no für nes Gaffee, bevor er wider gäge Spiez ache fahrt.

«Ihre nächsten Anschlüsse: Nach Interlaken West, Gleis eins. Nach Frutigen, Kandersteg ...»

U scho wartet ds gälbe Poschtouto wider vor em Bahnhof z Spiez, für di nächschte Fahrgescht ufznäh. Em Gottlieb machts räch warm. Es isch halt ke Schläck, bi dene summerleche Temperature i däm Füehrerstand z hocke. U o d Uniform, wo si syt es paar Jahr müesse trage, treit nid würklech zur Bequemlechkeit by. Aber äbe, so het jede Bruef syner Sunn- u Schattsyte. U ihm gfallt sy Bruef. Är fahrt ja di Strecki scho syt mängem Jahr.

«Sälü Gottlieb!», wird er vonere Frou begüesst, wo jetze i ds Poschtouto stygt.

Der Gottlieb muschteret se chli komisch. Es isch nämlech ussergwöhnlich, dass ds Müller Käthi um die Zyt bi ihm ystygt. Ds Käthi fahrt süsch geng zu de glyche Zyte gäge Spiez oder äbe zrugg gäge Hondrich.

Die hübschi Frou isch e läbegi, ufgstellti u fröhlechi Person. Um si um mues ständig öppis loufe. Si gniesst der Kontakt zu de Lüt. Drum isch es o nid verwunderlech, dass si am Kiosk z Spiez wärchet. Ömel ei Tag i der Wuche. Süsch füehrt si deheime der Hushalt. E rächti Ufgab, mit zwöi pubertierende Chind.

Der Gottlieb kennt se o scho lang. Scho wo si ihri beide Chind no chly het gha, isch si mit dene ga Usflüg mache. Isch ache a Thunersee u isch – wie mängisch äch? – vo Spiez uf Fulesee gloffe. E Spaziergang, wo sech usgezeichnet für ne Muetter, mit chlyne Chind, eignet. Ja, ds Käthi isch e Sunneschyn. Nid nume optisch – aber das o!

Ganz im Gägesatz zu ihrem Maa. Dä wärchet z Thun ufere Bank. U das isch e Bänker wie usem Lehrbuech. Är treit geng e Gravatte, isch pünktlech, fasch wie ne Schwyzer Uhr. Zueverlässig. Aber troche. Sälte es Lache. Het sech geng i de Fingere. Tschalpet nie nume es Schrittli näbeuse. Churz: E zueverlässige, uf Sicherheit bedachte, aber eigetlech total längwylige Maa. Dass di zwöi zäme passe, het niemer so rächt wölle gloube. U glych: Si heis jetze ömel öppe füfzäh Jahr mitenand chönne, ds Käthi u der Werner. U di beide Chind sy rächt guet grate. Ds Käthi het wahrschynlech i de erschte zäh Jahr rächt drunder glitte, dass si deheime mit ihrne zwöi Chind isch aabunde gsy. Drum gniesst si jetze dä Tag i der Wuche, wo si Hushalt u Chind cha la sy, für z Spiez d Passante z bediene, mit ne chli z gsprächle u derdür chli Abwächslig u Underhaltig z übercho. Am Aafang het der Werner Müei gha mit dere nöie Situation. Me hätti fasch chönne meine, är sygi yfersüchtig druf, dass sy Frou ihri Läbesluscht usläbt, währenddäm är deheime bi syne Briefmargge hocket. Das isch nämlech sys grosse Hobby. U das passt o guet zu ihm: Still imene Egge hocke, der Chopf über di Zedeli neige, mit em Ziel, das Ganze i ne geordneti Sammlig z bringe. Z luege, was für Motiv druffe abbildet sy, us welem Land si chöme, u das Land de no uf der Wältcharte z sueche – das isch sy Wält. Alls Andere empfindet er als Balascht.

Eigetlech hätti är ja nüüt z chlage. Är het e liebi, ufgstellti Frou, gsundi, intelligänti Chind, es eigets Huus, e einigermasse gsichereti Arbeitsstell – was wott er de no meh? Aber das ewige Uf u Ab zwüsche «was wosch de no meh?» u « isch das alls?», zermürbt ne i der letzschte Zyt ghörig. Är möchti eigetlech o so spontan u so fröhlich chönne sy, wie sy Frou. Chas aber nid! Är möchti o so läbesfröidig sy. Aber das isch ihm nid ggä! Drum wird er geng verschlossener. U ganz töif inne suecht er der Sinn vom Läbe. Aber je meh dass er ne suecht – so ömel dünkts ne – je weniger findet er ne. Är wird lengerschi eigeter. U das Griesgrämige bringt de ds Käthi mängisch uf d Palme – ömel i der letschte Zyt.

«Hesch scho Fyrabe?», fragt der Gottlieb zur Begrüessig.

«Eigetlech nid», erwideret ds Käthi. «Aber i mues hütt am Namittag no unbedingt üsi Trachtechleider für e Sunntig zwäg mache. Morn han i drum de ke

Zyt. I mues mit em Werner a ne Briefmarggebörse uf Bärn.»

Me het em Ton aa ghört, dass si sech uf di Reis nid grad heftig fröit. Aber so isch si halt o: guetmüetig. Si macht mängs, wo eigetlech nid ihrer Art würdi entspräche. Si machts, wil si weis, dass das ihre Maa fröit. Aber si wäri, we si grad so chönnti, wie si wetti, nach däm Arbeitstag am Liebschte z Spiez grad i Usgang. Eis ga trinke. Mit Lüt ga lafere. Kontakte ga pflege, us eifach chli ga luschtig ha. Si weis aber, dass das em Werner würdi weh tue. Drum fahrt si nachem Wärche geng hei zue. Si weis anderersyts aber o, dass der Werner eigetlech nid so gärn mit ihre i d Volkstanzgruppe chunnt. U so gä si halt beidi e chli nache u dermit chunnt jedes einigermasse uf sy Rächnig.

Nächschte Sunntig, das weis si scho jetze, da louft de e Rundi. Da wird si de mit Lüt zäme sy, wo si cha dorfe mit ne. Wo si es Glesli Rote cha trinke u wo si mit em Werner cha tanze. Är wäri nämlech eigetlech e guete Tänzer.

«Chunnsch am Sunntig o?», fragt si der Gottlieb.

«Natürlech! Da druf fröien i mi scho syt Wuche. U so wies usgseht, schynt ds Wätter o mitzmache. Uf d Volkstanzgruppe fröien i mi natürlech ganz Bsunders. Tanzet hätti eigetlech geng gärn. Aber äbe, daderzue bruchts – ömel i üsne eltere Jahrgäng – geng Zwöi.»

«Es isch ömel nie z spät, für sech z finde», seit si luschtig. «U du, Gottlieb, du bisch ja no jung gnue, für ne Beziehig aazfah. Oder nid? Wärsch ömel de no e gueti Partie.»

Wil der Gottlieb nüüt druf antwortet, merkt ds Käthi, dass es däm Maa nid wohl isch bi däm Thema. Drum zieht si sech zrugg u nimmt hinde im Fahrzüg Platz.

Der Gottlieb startet der Motor, setzt sys Fahrzüg i Bewegig u fahrt vom Bahnhof wäg. Jetze het er Zyt, sech mit de Gedanke vo früecher z beschäftige.

Ja, är hätti scho einisch e Tanzpartnerin gha. Eini, won er ganz fescht het gärn gha. So fescht, dass er syt denn niemer meh ganz nach a sich häre het la cho. D Brigitte isch es härzigs Meitschi gsy. Si hei mängs Schöns mitenand erläbt. Hei mängi Bärgwanderig gmacht. Mänge Usflug gnosse. Dass si inere Gloubensgmeinschaft isch gsy, het der Gottlieb eigetlech nid gstört. Aber wo si ihn du für di Gruppe het wölle gwinne, het er entschide abgwunke. Är het nüüt gäge d Stündeler, wie me denn de Gloubensgmeinschafte gseit het, gha. Aber denn wäri är sech als Mitglied ygängt vorcho. Är het Wyti brucht. Wyti o i Gloubesfrage. U so isch es bis hütt bblibe. Dass d Gloubesfründe vo der Brigitte se hei under Druck gsetzt, u dass si lang kämpft het, zwüsche Fründ u Gloube, ja, zwüsche Maa u Gott, het er ersch vil später richtig gmerkt u verstande. Aber är hets bis hütt nid begriffe.

Gseh het er d Brigitte syt denn nie meh. Aber är het se geng no vo Härze gärn. Drum hets i de letschte Jahrzähnt ke Frou gschafft, der Platz vo ihre yznäh.

Der Gottlieb kurvet um di letschte Egge gäge Äschiried zue. Churz vor der Haltstell überholt er der Johannes Schmitt wo, so weis es der Gottlieb us Erfahrig, mit ihm uf Spiez ache wird fahre.

Ja, der Johannes Schmitt! Das isch eine wie ke Andere. We me öpperem Original chönnti säge, de wärs ihm.

«Wolln se was zu lese habe?» Under däm Usspruch kennt ne älwä fasch jede, zwüsche Spiez u Äschiried. Wenegi wüsse sy Name, u nume ganz Einzelni wüsse meh als das.

Zu dene Einzelne ghört o der Gottlieb. Dä het em «Traktätler», wien ihm ds Volk – je nach Ystellig abschetzig, guetmüetig oder verständnisvoll – seit, scho mängisch us der Patsche gholfe. Der Johannes het nähmlech sälte Gäld. U wen er es paar Rappe het, de längts öppe für ne Suppe im Bahnhofbuffet, oder für ne Bitz Brot u ne Egge Chäs usem Migros.

«Gäld für ds Poschtouto uszgä, wär Verschwändig», het er einisch em Gottlieb erklärt. «Das fahrt ja sowiso. Öb i jetze drinne hocke oder nid. U mys Gwicht cha ufe Energieverbruch fasch ke Yfluss ha.»

I dere Beziehig het er nid unrächt. Zum Suuffe dünn, seit me im Bärner Oberland ere settige Gstalt. Aber we der Johannes dicker wäri, wärs äbe nid der Johannes. Sy Poschtur ghört zu ihm, wie syner silbrige Haar. Wie der Spruch «Wolln se was zu lese habe?», oder wie der Plastiksack mit de Träktätli.

Wiso dass er zum Verteile vo dene Helgeli Schwäbisch redt, het er em Gottlieb vor langer Zyt einisch verrate: «Weisch, won i als junge, sprützige Maa, chuum us der Lehr, vom Aargouische us uf Wanderschaft bi, han i im Schwabeland Ufnahm gfunde. Binere Gloubesgmeinschaft. I bi de grad es paar Jahr dert bblibe u ha Jesus Christus, sys Läbe, sys Wärch u sy Verchündig glehrt kenne. Dert isch mer du klar worde, us was my Läbesufgab besteit: I mues ga verchünde, was Jesus gseit het. I bi du i my Heimat zrugg, für das Läbeswärch aazfa. Dass i us Dank a my Zyt in Dütschland myner Traktätli uf Schwäbisch wott abiete, isch mer vo Aafang a klar gsy. U Schwäbisch passt doch besser i ds Bärner Oberland, als der Aargouer Dialäkt, oder?»

So vil het der Johannes sälte gredt. U dass er de no grad us sym Läbe verzellt het, isch di ganz grossi Usnahm gsy. Dass er so privati Sache usgrächnet em Gottlieb aavertrout het, het aber o e Grund gha.

Em Gottlieb isch vil aavertrout worde. Är gseht jede Tag vili Bewohner us dere Gägend. Fasch wie der Brieftreger. O dä gseht me täglech u me wächslet öppe es paar Wort mit ihm. U so het halt o der Gottlieb mängs erfahre. Meischtens nume Usschnitte vom Ganze. Aber mit de Jahr het er das Puzzle glehrt zämezsetze. Das het ihm de vo vilne Lüt es Bild ggä, wo sälte eine het gha. Wil er die Bilder für sich het chönne bhalte, het er als Vertrouensperson gulte.

Ja, wär hätti das nid gärn: E Mönsch, wo me chli cha ablade – u de eigetlech glych nüüt mit em brucht z Tüe z ha. Öpper wo lost, ohni nächär z fordere. Öpper wo Geduld het. Verständnis u Yfüeligsvermöge. Ohni Bedingige z stelle.

Das het o der Traktätler gspürt. U drum het er mit em Gottlieb nid nume über Gott, sondern mängisch o über d Wält gredt.

«Chunnsch du o a Bärgdorfet?», fragt ne jetze der Chauffeur.

«I gloubes», erwideret der Traktätler mit überzügt.

«Aber muesch de der Plastiksack deheime la. Süsch gits de wider Lämpe mit es paar Gselle – ömel we si de gnue Gaffee mit Schnaps intus hei», mahnet der Gottlieb.

Der Johannes macht es Gsicht, wie we ne es Wägsi gstoche hätti: «Du weisch ganz genau, das i das nid wirde mache. Traktat z verteile isch my Läbesufgab. U zu dere stahn i! U wes o schwirig isch, das macht nüüt. I bi mer mängs gwanet», seit er trotzig.

«Ja nu. Das muesch du wüsse. U jetze häb e schöne Namittag u häb Sorg zue der», verabschidet ne der Gottlieb.

«Vergälts Gott», seit der Johannes. U der Gottlieb weis scho, was Gott söll vergälte. Är het ne einisch meh gratis la mitfahre. Das chunnt meh vor, als der ander Wäg.

Äntleche chunnt der Busfahrer derzue, öppis z ässe. Ganz elei sitzt er amene Tisch im Bahnhofbuffet. Är het ke Luscht, sech mit öpperem z underhalte. Mängisch brucht er das, chli elei z sy. Nach em Ässe trinkt er ds obligate Gaffee u luegt no schnäll i d Tageszytig yne. Routine. Ablouf. Gwohnheit oder wie me däm süsch no chönnti säge. Wie bi mängem Bruef isch o der Gottlieb langsam i ne Trapp yne grate, wo nid vil Spielrum für Ussergwöhnlechs gla het.

«Dä hätti jetze grad nid brucht», dänkt er, won er gseht, wär da zu der Türe y chunnt u ne Fläsche Bier bstellt. Der Jappi Käch – eigetlech Jean Pierre, aber wil das im Bärner Oberland ke üebleche Name isch, het me ihm eifach Jappi gseit – isch Yseleger z Thun. Rothaarig, muskulös, chräftig u mit ganz emene aagriffige Gsicht, het er jedem, wo mit ihm z Tüe het übercho, ohni Wort chönne zeige, dass mit ihm zwüschyne nid guet Chirschi z ässe isch. Wen er e Fläsche z vil het gha u ne ds Güegi gstoche het, oder we ihn sy Familie närvös gmacht het, de isch es vorcho, dass er sech nümme richtig im Griff het gha. U meh als einisch isch är der Uslöser vonere wüeschte Schleglete gsy.

Sy Familie het das o gspürt. Drum befürchtet der Gottlieb, dass es hütt am Aabe z Äschi einisch meh zu rabiate Szene chönnti cho. Wil der Jappi schynbar früech Fyrabe het, wird er es paar Bier ga gnähmige. U de wird er hei ga zeige, wär der Herr im Huus isch.

Sy Frou het eim chönne duure. Si isch ganz e Zarti u Fyni u alli hei sech eigetlech gwunderet, wohär si di Chraft nimmt, für nid nume ihrer drü Chind möge z ertrage, sondern o no e settige Maa. Di Einte hei gmunklet, dass er ihre halt im Bett das bringi, wo ihre Chraft gäbi. Di Andere hei gmeint, dass da en Andere umenand sygi, wo ihre Zueversicht gäbi. Sygs wies wöll. Ume Jappi um z sy isch sicher ke Schläck.

«So, du Oberpilot! Wenn charisch mi gäge Äschi ueche?», wird jetze der Gottlieb aaghoue. Der Jappi het natürlech nid gfragt, öb er zu ihm dörfi hocke. Settegi Floskle sy nüüt für ihn. Är macht i der Regel genau das, won är für Richtig haltet. Öbs de Andere passt oder nid, kümmeret ne nid. Das isch – so erklärt er albe – dene ihres Problem.

«Inere halb Stund öppe», git der Gottlieb mutz zrugg.

«Was machsch de du scho so früech hie? Heit er ke Büetz meh?»

«Natürlech hei mer. Aber einisch muesch chönne höre. Dene Soucheibe da obe mues me de nid geng nume ga d Stütz verdiene. Di überchöme ja süsch afe vil z vil dervo. Einisch isch de o für e Käch gnue. Drum han i hüt, wo mer nach em Lege no hätte i d Bude sölle ga ufrume, d Finke gchlopfet. Jetze gniessen i hie es Bierli, zwöi, u de geits de gäge Hei zue – oder ömel i d Richtig vo Dehei. Villicht chunnt mer underwägs no nes aagschribnigs Huus i d Queeri.»

Wies syre Art entspricht, lachet der Jappi derzue lut use. Di aawäsende Gescht mache sech über dä uflätig Kärli ihrer Gedanke. Aber das kümmeret dä nüüt. Im Gägeteil! Är gniessts, im Mittelpunkt z stah.

Der Gottlieb steit uf u macht sys Fahrzüg wider bereit. Näbscht em Jappi styge no anderi Fahrgescht y. Das isch üsem Fahrer grad nume Rächt. So mues er sich nid geng mit em Käch underhalte. Aber äbe, wär meint ...

«Was mache eigetlech dyner Tablarchüe?», fahrt ne der Jappi aa. «Chönntisch mer nid einisch eine verby bringe? Di Alti u myner Goofe würde sicher juble, wes wider einisch öppis Bsundrigs z spachtle gieb. Aber äbe, söttisch de Myre wahrschynlech no grad e Chochkurs gä, süsch hei mer de statt Ragout nume no Brei u statt ere guete Sauce nume es Gwäsch ufem Tisch.»

Das sy allerdings Tön, wo der Gottlieb nid eifach so im Ruum het chönne la stah. Är weis, dass sech d

Ursula sehr grossi Müei git, de Wünsch vom Jappi grächt z wärde. Un er weis o, dass er em Jappi cha u darf d Stange ha. Vo ihm man er erstunlech vil erlyde.

«Jetze hesch ds Muul wohl chli voll gno. Du hesch e liebi Frou u ne sehr gueti Chöchi deheime. Das han i de scho meh als einisch dörfe erfahre», git er ihm zrugg.

«Lue jetze da! Der Gottlieb nimmt ds Urseli i Schutz – jee, wie härzig», seit dä höhnisch. U wyter, aber imene ganz andere Tonfall: «Chasch se ha. Gratis! U de no als Dessärt d Goofe derzue. Uh, wäri das schön, di ganzi Bruet los z wärde!»

«So, Käch, jetze längts! Hesch wohl scho gnue budlet, dass de settige Seich uselasch. Gang jetze ga hocke u häb di still. U we de chasch, de schäm di wäge däm, wo da grad vo der ggä hesch. Weder dyner Chind no dy Frou hei das verdienet!»

Vo jedem hätti der Jappi das de nid möge ha. Är hätti langsam syner Füscht parat gmacht u d Hemdsermle hindere glitzt. Der Gottlieb weis aber, dass er vor ihm e gwüsse Respäkt het. Jedefalls het der Jappi, brav wie nes Hündli gfolget u isch ga hocke.

Won er usgstyge isch, het er ussert «Tschou», nüüt meh gseit. Der Gottlieb het nume no gseh, dass er d Beiz linggs het la lige u i Richtig Dehei gloffe isch.

«Hoffetlech het er jetze nid so ne Verrückti, dass er deheime no gross Radou macht», angschtet der Gottlieb.

Won er sys Fahrzüg i der Garasch versorget het gha, isch er gmüetlich gäge syre Wohnig zue gloffe. Natürlich nid ohni vorhär no schnäll bi syne Cüngle verby z luege. Si hei o heiss gha, a däm schöne Summeraabe. Aber üse Fahrer het ne guet gluegt. Me het sech chönne vorstelle, dass er e ganz liebe, fürsorgleche Vatter wäri worde. Ja nu. Jetzte het er halt syner Tier. U mänge hätti gschyder e Stall voll Chüngle, als es Huus voll Chind. Es wäri für beidi Parteie besser.

Äs isch e wunderschöne Summermorge gsy, wo d Lüt zwüsche Spiez u Äschiried ufbroche sy. Ufbroche zum alljährleche Bärgdorfet, wo eigetlech niemer meh gnau gwüsst het, wie lang dass es ne scho git. Wahrschynlech isch dä entstande, wil sech d Bure, wo ihres Veh uf d Alp hei ggä, öppe einisch dert obe troffe hei, für ga z luege, wies em Hüetervolk, de Tier un em Chäs geit.

Me cha verstah, dass es de bi settige Glägeheite mängs z diskutiere het ggä u no hütt git. U dass de nid nume gfachsimplet wird, sondern de no grad der Gmeindrat, der Chilchgmeindrat, der Pfarrer u d Lehrer verhandlet wärde, ghört halt de o derzue. Es wird wahrschynlech e so si gsy, dass di verschidene Bure sech irgendeinisch ufenes Datum geiniget hei, für d Alp ga z bsueche. U de isch me halt no chli zämeghöcklet u het sech vo de Chüejer la bewirte. Dass jede, wo z Bsuech isch cho, ihne o Ruschtig bracht het, isch für die so sälbschtverständlech gsy, wie dass si äbe o bewirtet sy worde.

Naadisnaa wärde geng meh Lüt däm gmüetleche Höck bygwohnt ha. U de sy halt nid nume d Bure erschine. Nei, d Wanderer, wo underwägs si gsy, sy zuecheghöcklet u öppe eine het halt a däm entsprächende Sunntig e «Wanderig» gmacht. O wes nume grad uf äbe di gwünschti Alp isch gsy. So sy im Bärner Oberland – u natürlich nid nume dert – uf de verschidenschte Alpe di Bärdorfet, Chüejerfescht, Bärgchilbi, oder wie si alli heisse, entstande.

Das isch o uf der Alp Mittelbärg nid anders gsy.

D Alp Mittelbärg ligt guet ybettet, z Mitts imene grandiose Chessel. Sälte wird eim d Chraft vo der Natur so bewusst, wie hie obe. Uf der Weschtsyte steit der Bärg, wo der ganze Gägend der Name git: Latreje. Mit syne fasch zwöiehalbtusig Meter bildet er d Verbindig zwüschem Suld un em Kiental. Sy Nachbar, der Dreispitz, hilft ihm derby. D Alp Mittelbärg isch aber no vo zwo andere Gwichtigkeite ygrahmet. Da isch einersyts der höchscht Bärg i dere Region, d Schwalmere. Si bildet der Abschluss gäge Süde. U de no ds Renggli! E beliebte Pass, wo vo vilne Lüt, düre Summer dür, under d Schue gno wird. Syge das Lüt, wo sech mit em Poschtouto dür ds Suldtal uf, bis underhalb vom Pochtefall lö la bringe u de em Latrejebach na, über d Alp Mittelbärg ds Renggli erreiche, wo si de mit em Abstig nach Saxete di Wanderig beschliesse, oder syges die, wo ds Glyche vo Saxete us mache.

D Alp Mittelbärg isch also e vilbsuechti Alp. U si isch hütt Gaschtgäbere zum Bärgdorfet.

Wie chöme jetze aber di Lüt dert ueche? Früecher isch das jedem Buur klar gsy: z Fuess. Z Fuess vo Äschi aa. E Wäg, wo i guet drei Stund z bewältige isch. Später het me de scho chönne bis hindere zum Restaurant, underhalb vom Pochtefall, fahre. Das het d Wanderzyt um zwo Stund verchürzt. U nachdäm d Strass hindere uf d Alp Mittelbärg isch boue worde –

ds Militär het daderby zimlech massiv mitgholfe, wil si dert usgezeichneti Schiessmüglichkeite hei vorgfunde – sy sehr vil Bsuecher bis ueche uf d Alp gfahre.

Dass das emene Bärgdorfet schadet, het jede gmerkt. We früecher no e ruehegi u gmüetlechi Stimmig gherrscht het, isch mit em Outoverchehr e Hektik i ds Ganze cho, wo fasch hätti derzue gfüert, dass me däm Trybe lieber wäri fern bblibe. Das het du d Organisatore – mittlerwyle sy das natürlech nid nume d Chüejer gsy, di hätti näbscht ihrer stränge Arbeit niemals d Zyt u d Müglechkeit gha, alls vorzbereite – veranlasst, Massnahme z ergryffe.

U si hei derby e glücklechi Hand gha. Si hei nämlech churzerhand, unde bim Restaurant, es Fahrverbot aabracht. Im erschte Jahr hets no nid vil besseret, wil grad di Yheimische nid hei wölle verstah, dass o si, oder äbe grad si, mit däm Verbot gmeint si. Wo me o das gmerkt het, sy d Organisatore ggange u hei d Strass mit ere Barriere gsperrt. Das het du gfruchtet. Uf d Alp Mittelbärg sy am Bärgdorfet nume d Chüejer u der Bus fahrberächtiget gsy. Der Bus, wo di fuessmüede Lüt ueche gfahre het.

Aber syt dere Massnahm hets wider vil meh Lüt gha, wo d Strecki z Fuess bewältiget hei. Nume für zrugg hei si de meischtens der Bus gno. He ja, me het ja de d Gmüetlichkeit bimene Glas Wy oder emene Bier – oder, we ds Wätter nid so het wölle mitmache, bimene «Gaffee Mittelbärg» – gnosse u isch drum de z müed gsy, für dä doch no rächt läng Heiwäg under d Füess wölle z näh.

So hets o das Jahr e grossi Aazahl Lüt uf d Alp Mittelbärg zoge. Ufemene flache Stück Land het me Tische u Bänk ufgstellt. Näbezueche isch es Tanzbühneli ygrichtet worde. Für Spys u Trank isch i der Nechi vo der Sennhütte e Grill u ne Vorrichtig für e Chäsbrätel – der Mittelbärg Chäs isch bekannt gsy für sy gueti Qualität – gstande. Aber d Lüt sy nid nume a de Tische ghocket. Rings um di Feschtbänk um hei si sech im Gras nider gla. Hei di eigeti Waar uspackt u sech sälber verchöschtiget.

Mitgmacht bi däm Trybe hei syt Jahre d Musiggsellschaft Äschi u d Volkstanzgruppe. Aber o di wytum bekannti Familiekappälle us Hondrich u o d Alphornbläser u d Fahneschwinger hei nid dörfe fähle.

Was wäri aber e Bärgdorfet ohni Predig u ohni Toufi? Hüür isch das ersch no öppis Bsunderigs gsy! Me het gspannt druf gwartet, wie sech der nöi Pfarrer i dere Umgäbig wärd zeige. E nöie Pfarrer, wo churz nachem letschte Bärgdorfet isch ygsetzt worde, nachdäm sy Vorgänger i d Pension ggange isch. Wie überall, het o z Äschi der nöi Prediger Aalass zu Gspräch ggä. Är isch jung. Z jung, hei di Einte gmeint. U di Andere hei nid chönne verstah, dass e Pfarrer het wölle i der Füürwehr mitmache. Was er mängisch vo der Kanzle ache verzellt het, isch de eltere Semeschter zwenig bibelnach gsy. Di Junge hei ehnder Fröid a ihm gha, wil me ne o öppe einisch im Usgang gseh het. Är isch – als Ledige! – mänger Muetter, wo nes Töchterli gha het, e gärn gsehne Gascht gsy. U das widerum het de anderi Lüt gstört. Churz, er isch e Pfarrer, wo mitts im Läbe steit. Wo das o zeigt u daderdür der Heiligeschyn, won em di Einte gärn aaghänkt hätte, nid het wölle trage. Är het sech so ggä, wie wen er nüüt Bsundrigs wär. Wie wen er e Mönsch wäri, wo sech beruefe het gfüehlt, Gottes Wort i ds Volk z trage. So wie ne Lehrer sech sötti beruefe füehle, d Chind mit Wüsse u Chönne uf ds Läbe vorzbereite.

U dä Pfarrer steit jetze ufem Bühneli. Steit da wie ne Chüejer: im Mutz! Wie stuune d Lüt, dass jetze ihre Pfarrer i der Chüejerbchleidig wott predige! Das isch me sech de hie ganz u gar nid gwanet.

«Liebi Lüt. I möchti öich ganz härzlech hie obe, a däm wunderschöne Fläcke Ärde, begrüesse», faat er mit ere feschte, früsche Stimm aa.

«Hüt darf i hie, vor öich allne, e ganz e bsunderi Predig halte. Bsunderig nid nume, wil mer no dörfe es Chindli toufe us dadermit i üsi Gmeinschaft dörfe ufnäh, sondern wil i hie vor Lüt darf rede, wo dür ds Jahr dür Müei hei, der Wäg i d Chilche z finde. U i nime nes de nid öppe übel», het er no lachend aaghänkt. Das het du mängem sofort gwohlet, wil er sech süsch gschuelmeischteret wäri vorcho.

«My Predig möchti mit emene Lied aafa, wo wahrschynlech vili vo öich kenne. Äs isch es Lied, wo nid im Chilchegsangbuech steit. Das wäri hie obe o nid di richtigi Literatur. Es isch es Lied, wo vo eim isch gschribe worde, wo wyt wäg vo üs isch ga d Wältmeer erchunde: em Peter Räber. Dä singt imene Lied: Lueg emal dert ufe. Gsesch dert d Stärne? Gsesch der Mond, wo silberig ufgeit? U du machsch gottfridstutz eso ne Lärme, wülls nid geng so, wie dus gärn hättisch geit.»

Was söll jetze das? Me het de ehnder eltere Semester di Frag a ihrne Gsichter völlig chönne abläse.

E Schlagermelodie als Predigtext. Super! Das hei vor allem di Jüngere dänkt. Äntleche eine, wo nid so schynheilig tuet.

Du het der Pfarrer mit syre Predig wyter gfahre: «Ja, was mache mir alli für ne Lärme! Nid nume mit de Outo oder de Flugzüg. Nei, vor allem der eiget Lärme meinen i. Mir lärme wäge der eigete Unzfrideheit. Mir beschuldige di Andere wäge ihrem Unvermöge. Wägem nid Erfülle vo üsne Wünsch. Wie wichtig näh mir doch üs alli. Wie vil z wichtig! U merke derby nid, dass mer eigetlech ganz chly sy. Vergliche mit de Stärne, wo am Himmel stöh. Was sy mer de, vergliche mit der ganze Wält, wo mer druffe läbe? Was sy mer de, vergliche mit dere Naturgwalt, wo me hie obe ganz bsunders gspürt. Ja. Was sy mer de?»

Derzue macht er mit de Arme e Bewegig, wie wen er ds ganze Universum wetti umarme.

«Was sy mer de, mir Lärmine? Mir Usrüefine. Mir Kritisierer. Mir Besserwüsser! Was sy mer de? Mir chöme jetze hie ueche. I d Rue vo der Natur. Wei nes hie cho erhole. Wei di unändlechi Chraft mitnäh i Alltag – u mache o hie obe Lärme. Dermit meineni nid d Musig, wo hütt für Underhaltig sorget. U o nid d Lüt, wo sech nach der Predig wei underhalte. Ds Rede isch e wichtige Teil vomene Bärgdorfet. Nei, i meine, dass mir der ganz Tag nie wärde derzue cho, d Stilli hie obe z gniesse. Dass mir vor luter Läbigkeit vergässe, dass hie obe o no Anders z gspüre wär: Rueh u Chraft. Drum möchti jetze kener Wort meh

verliere, sondern öich alli bitte, für nes paar Minute
still z sy u nech der Text vom Peter Räber no einisch
düre Chopf la z gah. Jede für sich. Lueg emal dert
ufe. Gsesch dert d Stärne? Gsesch der Mond, wo sil-
berig ufgeit? U du machsch gottfridstutz eso ne Lär-
me, wülls nid geng so, wie dus gärn hättisch geit.
Amen.»

Si hei enand chli läng aagluegt u hei übere zu de Lüt
i der Chuchi gschilet. Dert häre, wos no glärmet het.
Bis du o die gmerkt hei, dass si sötte still sy. U du hei
si glost. Alli zäme.
    U wahrschynlech ischs, näbscht de Chüejer, no
fasch niemerem ufgfalle, wie still das es hie obe ei-
getlech wär. Nüüt het stört. Gar nüüt. Kener Outo,
kener Flüger, kener Mönsche. U wahrschynlech hei
sogar d Vögel der Pfarrer verstande. O si hei gschwi-
ge. Stilli. Mitts i dere Umgäbig. Rueh. Fride.
    Da het du mänge aafa verstah, was der Pfarrer mit
syre Predig gmeint het. Mänge het – ömel für ne Mo-
mänt – gmerkt, was für ne unnötige Eigelärme är dür
ds Jahr dür eigetlech produziert. U mänge het sech
vorgno, dass er, we ihm de der Himmel vor luter Lär-
me sötti ufe Chopf gheie, hie ueche wölli cho lose,
wies ohni das ganze Gstürm chönnti sy.
    Wie mänge dass es gmacht het, weis me nid. Aber
der Gedanke isch bi mängem a däm Morge gebore.
    Nach emene Momänt het du der Pfarrer wider gredt
u das chlyne Chindli touft. O das isch hüür ganz
öppis Bsundrigs worde. Es isch zwar e gwöhnlechi
Toufi gsy. Wie scho so mängi da obe. Aber mit em
Uffordere zum Stillsy, mit däm Versuech, z probiere

i sech yne z lose, isch so ne fyrlechi Stimmig entstande, dass me fasch gmeint het, me chönni d Heiligeschyne uf de Chöpf gseh. Aadacht, Rueh u Fride hei sech schnäll verbreitet. Un es isch nid verwunderlich gsy, dass der Pfarrer während de nächschte Stunde ds Houptgspräch isch worde – ömel bis e anderi Nachricht das Thema abglöst het.

Nach der Predig het d Musiggsellschaft gspilt. U de isch me übere ggange zum Tanz. D Familiekappälle het Platz gno, der Bassgyger het sys Instrumänt gstimmt, u du hei si los gleit. Emene flotte Schottisch isch e rassige Ländler gfolgt. Mehrheitlech sys di drüvierteltaktige Stück gsy, also d Walzer, wo em Volk hie obe gfalle hei. Das hei natürlech di Musikante gwüsst u hei ihres Repertoir o dämentsprächend aapasst.

Es isch es schöns Fescht worde – ömel für di Meischte. Aber was mache äch die Poschtouto-Fahrgescht, wo mer scho hei glehrt kenne?
Der Benjamin Berset het all Händ voll z tüe mit em Zeige vo Veh u Chäs. Das het d Bure natürlech geng no interessiert. Dernäbe het er ghulfe, wos ne brucht het. Syg das bim Vorbereite vom Chäsbrätel oder bim Häretrage vo Getränkeharasse. Me het gseh, dass er cha wärche. U mänge Buur, mänge Bsuecher vom Bärgdorfet, het müesse umdänke i syre Ystellig, ihm gägenüber.
Der Traktätler isch am Bort obe ghöcklet u het däm Trybe zuegluegt. U het mängisch der Chopf gschüttlet, ab dere Usglasseheit, ab dere Fröhlechkeit vo de

Lüt. Är isch wahrschynlech o chli beleidiget gsy. Der Chef vom Organisationskommite het ihn nämlech ganz am Aafang näbeuse gno, u ihm probiert byzbringe, dass syner Blettleni hie obe fähl am Platz wäre. Der Johannes het du das meh oder weniger begriffe u sech drufache äbe a ds Bord ueche zruggzoge.

Müllers sy bi de Lüt vo der Volkstanzgruppe ghocket. Ds Käthi mit afe chli rote Bäckli. Chöme si äch vo der Sunne oder vom Rotwy? Es wäri nid ds erschte Mal, dass das härzige Froueli mit chli runde Absätz vom Bärgdorfet hei wär. Es isch fröhlich gsy, het sech nid nume vom Werner zum Tanz la bitte u het vil zu der guete Stimmig a däm Tisch bytreit. Em Werner Müller het me aagmerkt, dass es ihm nid so wohl isch. Är isch halt ke Feschthütte. Är wäri lieber irgendwo chli wyter obe, mit sym Käthi gmüetlich am Höckle u am d Natur gniesse. I der Rueh dusse. E liebe Mönsch i de Arme. Still sy. Das wär ihm lieber, als da bi dene vilne Lüt müesse z gruppe u z dorfe.

Der Jappi Käch het langsam aber sicher ds Lämpli gfüllt. O vo ihm het me gwüsst, dass er am Bärgdorfet gärn u vil trinkt. Sy Familie isch amene andere Tisch ghocket u het für sich müesse luege. D Frou vom Jappi isch nid z benyde: Drü Chind, e chlyni Wohnig u ständig Finanzsorge. Aber si isch e tüechtegi u tapferi Frou u het – wahrschynlech de Chind zlieb – bi ihrem Maa usgharret. Ihm isch der «Familieschluch» – so het er däm gseit, wo ne sy Frou bätte het, är söll doch hütt bi ihne blybe – zwider gsy. Drum isch er zu syne Kumpane ghocket. U dert isch er im Momänt inere heftige Diskusion über ds «Asylantepack» gsy.

Wo du d Musig e Pouse macht, nimmt plötzlech der Benjamin sys Didgeridoo füre u fat aafa spile. D Lüt, wo bis dahäre lut mitenand diskutiert hei, lose plötzlich dene für d Bärner Oberländer Ohre ganz nöjartige Schwingige vo däm Instrumänt zue. Es isch aadächtig still worde u mänge het nid so rächt gwüsst, was er vo dene Tön söll halte. Mehrheitlich hei si dä Uftritt aber akzeptiert. U wo der Benjamin mit sym Spiel isch fertig gsy, hei si sogar gchlatschet.

«Wei mer einisch probiere, öb mer zäme chönnte musige?», wird jetze der Benjamin vom Alphornbläser gfragt. Der Benjamin isch so überrascht vo däm Aagebot, dass er e Momänt grad nüüt cha säge.

«Das fählti jetze no!», mögget der Jappi i di Pouse yne. «Dä söll mit sym frömdländische Seich abfahre. U überhoupt: Was het dä länghaarig Fötzel hie obe z sueche?», git er sech aagriffig.

Syner Trinkkumpane hei lutstarch mitgholfe. U ersch wo du e, als rächt konservativ bekannte Buur, gmeint het: «Löt mer der Benjamin i Rueh. Dä isch scho Rächt. U we di Beide ds Gfüel hei, di Musig passi hie häre, de sölle sis probiere», hei si Rueh ggä. Der Benjamin het sech du gwagt, zäme mit em Alphornbläser, es Ständli z gä. Mänge het sech dür das Zämespiel überleit, öb das äch im Umgang mit andersartige Lüt vilecht o der richtiger Wäg wäri: Zäme eifach afe einisch probiere. Es chönnti ja guet usecho. U we nid, chönnte me de geng no wyter luege.

Wo si du fertig gspilt hei gha, isch der Benjamin zum Jappi ghöcklet u het ihm erklärt: «Weisch, Jappi. Us emene Didgeridoo bringt me eigetlech nume ei Ton use. Das Instrumänt läbt vor allem vo de

Schwingige u vo Rhytme. Ds Didgeridoo wird us emene vo de Termite usghölte Eukalyptusascht härgstellt. Z Australie hets öppe di glychi Härkunftsgschicht, wie hie bi üs ds Alphorn.»

«Das isch doch mir glych. Mir hei gnue frömds Gfotz i üsem Land. U überhoupt: Wiso spilsch de nid Alphorn? Du bisch doch Schwyzer u nid Australier? Oder bisch vilecht o eine vo dene frömde Fötzle? Usgseh tätisch ja derna. Du bisch älwä o eine vo dene, wo z fuul isch z wärche. Eine vo dene Schmarotzer, wo nume zu üs chöme für cho z profitiere. Lueget ne doch einisch a, dä strub Hund!», mögget er jetze zu syne Kumpane.

Die hei, we o halbhärzig, natürlech em Jappi zuegstimmt. Si hei gwüsst, was es würdi heisse, ihm z widerspräche. Vor allem denn, wen er – wie jetze – scho es paar Bierfläsche z vil het glärt gha.

«Weisch Jappi», seit der Benjamin bsunders höflech. «Für mi isch es mit de Mönsche uf dere Wält so, wie hie obe mit de Tier. Es het Simmetaler Chüe, Redholsteiner, Braun Swiss u sogar Fryburger. Es het aber o Söi, Geisse u sogar zwee Hünd. Alli hei hie obe ihri Ufgab u ihri Berächtigung. Mir Chüejer hei d Ufgab, zuene z luege u se z pflege. Niemer fragt, warum mir hie verschideni Rasse u Arte hei. Das isch allne klar. U niemer stört sech dranne. Uf d Mönsche bezoge, bin i der Uffassig, dass es üsi Ufgab isch, z probiere, alli z akzeptiere. Die wo wyss sy u o die, wo en anderi Hutfarb hei. Die wo nume Mineralwasser trinke, oder o die, wo Bier i sech yne lääre.»

Wahrschynlech isch der Jappi scho z volle gsy, für dä Wink z gspüre. Är het ömel nid reagiert.

«U drum dünkts mi schön, we mir hie obe fridlech chöi zäme sy. Hie i der freie Natur. Under em blaue Himmelsdach, wo öpper für üs alli erschaffe het. Wo chönnte mir de no fridlech sy, we mers hie obe nümme chönne? U drum bin i jetze scho ds füfte Jahr hie obe. Wil mi di andere Chüejer akzeptiere, so wien i bi. U wil i hie, wie niene süsch, cha gspüre, dass der Mönsch nume e Teil vo dere heilige Wält isch.»

«Amen!» läschteret der Jappi. Syner Suuffkumpane lache.

«Ja, Jappi: Amen. Da hesch Rächt. Amen heisst nämlech öppe: so sölls sy. U genau das meinen i dermit.»

Jetze het der Jappi blöd us der Wösch gluegt, won er gmerkt het, dass sys, als Läschterig dänkte Wort, plötzlech no söll passe. Är drääit em Benjamin der Rügge zue, stieret gäge d Schwalmere ueche u zündet derzue e Zigarette aa.

Der Benjamin het di Bewegig gwüsst z interpretiere u isch du no bim Johannes zueche ghöcklet.

«U de du? Was machsch de du so ganz elei da obe?», fragt er ne.

«Ja weisch, hie isch es schwär, my Ufgab z erfülle. I ha o ygseh, dass hie obe di wenigschte Lüt Läsehilf bruche. Hie gspüre si vo sälber, wär der Schöpfer isch. Hie merke si älwä o, dass Jesus der Erlöser vo all üsne Plage isch. U drum tuen i ds Gscheh vo hie obe beobachte u gniesse di einmalegi Stimmig. Vori bin i fasch chli ydöset. Meditiere würdisch du däm älwä säge», erklärt sech der Johannes.

«Ja, meditiere cha me sälte amene Ort so guet, wie hie obe i däm wunderbare Talchessel. Un i mache das jede Tag. Meischtens zäme mit mym Instrumänt. D Schwingige vom Didgeridoo, d Atemtechnik wos derzue brucht, für das Instrumänt überhoupt chönne z spile, gäbe mir geng es eigenartigs Gfüehl. Nach zäh Minute musige, füehlen ig mi, wie wen i es paar Stund hätti gschlafe.»

Die Zwee hei du no wyter gsprächlet. U we der Johannes o ganz en anderi Ystellig zu der chrischtleche Relegion het gha, het er der Benjamin akzeptiert. U umkehrt o.

Vo Weschte här hei sech langsam Gwitterwolche aafa bilde. U scho hei sech di erschte Lüt z Fuess, oder mit em Bus, ufe Heiwäg gmacht.

Uf ds Mal fragt der Müller Werner: «Wo isch eigetlech der Wyss Gottlieb, üse Poschtoutofahrer? Är het üs doch gseit, er sygi de o da.»

Ja. Jetze isch es allne ufgfalle. Der Gottlieb fählt!

«Het er öppe unverhoft müesse wärche?», fragt eine.

«Das chönnti scho sy. Aber das würdi ne de scho schampar ha möge. Är wo doch Jahrelang nie gfählt het. Är wo sech doch scho syt Wuche druf gfröit het», meint e Andere.

«Ja, är ghört da häre wie der Pfarrer, der Chäsbrätel u der Wysswy», het sech jetz e Wytere gmäldet.

«Der Bärgdorfet isch grad für ihn e gmüetlechi Sach. Är als Ledige geit halt ehnder sälte under d Lüt.»

So hei si wyter gwärweiset, bis du der Bus wider isch vom Tal unde ueche cho. Me het em Fahrer scho vo wytem aagseh, dass öppis gar nid stimmt.

«Der Wyss Gottlieb isch gstorbe», meint dä ganz troche u lat sech ufene Bank la gheie.

Sekunde lang isch es ganz still.

Niemer het di Nachricht chönne verstah. Niemer het se wölle akzeptiere. Bis du der Pfarrer i di Lääri yne gfragt het: «Wüsset er no meh über sy Tod?»

«Äs het gheisse, er sygi hütt am Morge amene Härzschlag gstorbe. Hütt am Mittag heigi ne sy Nachbar im Bett gfunde. Meh weis i o nid», isch d Antwort uf Pfarrers Frag.

D Lüt sy erschütteret. U spachlos. Es isch still u schwär worde, ufem Mittelbärg. I di Stilli yne fragt der Pfarrer: «Syt dir mit mer yverstande, we mer für e Wyss Gottlieb tüe bätte?»

Niemer het öppis gseit u alli hei langsam d Händ gfaltet. Sogar der Jappi, wo däm, lut ihm, «heilige Gstürm», nie öppis het derna gfragt.

Dass du d Stimmig bedrückt isch bblibe, versteit sech vo sälber. U dass übere Gottlieb isch diskutiert worde o. Alli hei ne gschetzt gha u niemer het chönne verstah, dass er mit syne füfefüfzg Jahr, eifach so plötzlech wäg het müesse.

Niemer, ussert em Benjamin, het gwüsst, dass der Gottlieb schwär chrank isch gsy. Aber der Benjamin het nüüt gseit. Was hättis o abtreit, we d Lüt gwüsst hätte, was er weis? Är het sys Instrumänt undere Arm gchlemmt, isch wyt gäge ds Renggli ueche, hinder ne Stei ga höckle u nume die, wo als Letschti vo der Alp Mittelbärg gäge hei sy, hei di sanfte Tön vo däm kuurlige Instrumänt no ghört. Fyn, ja fasch zärtlech, het der Benjamin gspilt. Begleitmusig für e Gottlieb, uf sym Wäg em Himmel zue.

Si steit amene sehr schöne Ort, d Äschi Chilche. Schön obe ufem Gebirgsrügge, wo sech vo Spiez aa glychmässig gäge Äschiried ueche zieht. Das Geböid mit ere, für ds Bärner Oberland, ehnder sältene Bouwys – der Gloggeturm steit nämlech näb der Chilche – ligt inere Nord-Süd Lag u bietet jedem, wo z Bsuech chunnt, e grandiose Usblick uf d Voralpe. Gägenüber der Chilche lygt, ygchlemmt zwüsche Niederhorn u Sigriswiler Rothorn, ds Justistal. Unde dranne ds dunkelblaue Wasser vom Thunersee. U wes ds Wätter wott, de gseht me sogar bis uf Interlake ueche. Für uf Thun, u dermit ds Aaretal z dürab z gseh, mues me nume chli näbe d Chilche stah.

Uf der Südsyte vo däm Gotteshuus, dert wo sech der Fridhof befindet, steit der Niese majestätisch da, grad wie wen er über di ganzi Region würdi wache. Zwüsche Fridhof u Niese plätscheret d Kander gmüetlech em Thunersee zue. Näb der Chilche steit ds Pfarrhuus. Wies a vilne Orte im Kanton Bärn üeblech isch, isch es kes Holzhuus. Nei. Zu dere Zyt, wo di Pfarrhüser sy boue worde, hets eis us Stei müesse sy. Es Steihus isch dennzumal vil tüürer gsy, als es Hölzigs. Dadermit sy d Macht u di finanzielle Müglechkeite vo der Chilche demonschtriert worde. Macht z demonschtriere isch halt e alti Tradition. O bi Relegionsgmeinschafte.

D Chilche sälber isch scho alt. Das bezügt e Bricht, wo usseit, dass im Jahr 1669 z Äschi über drühundert Mönsche a der Pescht gstorbe sy u näbe dere Chilche syge beärdiget worde. Aber nid nume a dere Schrift erchennt me ds Alter. D Wandmalereie, wo me aalässlich vo der Renovation im Jahr 1966 het restauriert, zeige nämlech ganz e Hufe Ängel – der ganz Chor isch voll dervo. O das isch sälte inere Chilche im Bärner Oberland. Aber o d Glasfänschter z Äschi dörfe sech la gseh. Ganz vorne isch eis, wo der Jesus zeigt. Under syne Füess steit ufemene Spruchband «Kommt zu mir, alle die ihr mühselig und beladen seid».

Ja, u belade sy si hüt, d Äschilüt. Di Beärdigung het mängem z dänke ggä. Eigetlech ischs e vil z schöne Ort für ne Beärdigung. U o ds Wätter het sech vo der schönschte Syte zeigt. Me het ds Gfüel übercho, e düschtere Herbschttag wäri passender, für der Gottlieb Wyss zu syre letschte Rueh z begleite. Aber äbe. Wie meine mir Mönsche doch geng wider, dass es anders müessti sy, als dass es grad isch. Wie möchte mir doch am ganze Wältgscheh ga umeschrüble. Möchte chlyni Herrgöttli spile u verliere daderby ds Gpüri für das, wo mer eigetlech sy. Es Wölkli am Himmel. E Grashalm oder e Rägetropf. Nüüt, aber de o grad gar nüüt meh!

Irgendwie sy Beärdigunge vo Mitmönsche Marchsteine ufem Läbeswäg. Dert wird me sech geng u geng wider bewusst, was me isch. Äbe e Grashalm. U we de der Schnitter chunnt – schschschttt! – u wäg isch me. Niemer cha öppis dergäge tue. Mir fö aafa stärbe, we mer gebore wärde. Das isch eigetlech jedem klar. U glych wei mers nid für Wahr ha. I der Jugend kümmerets eim nid. We me de chli elter wird, probiert mes z verdränge. U im Alter lert me dermit läbe. Ungärn. Meischtens.

U jetzte hei si sech scho wider zäme gfunde, d Bewohner vo Äschi. Aber nid nume die. O we der Gottlieb, ussert im Ornithologische Verein, i ker andere Gruppierig aktiv mitgmacht het, het me ne doch wytume kennt. Sy hilfsbereiti Art isch bekannt gsy. Mängs alte Froueli isch ihm mit däm Bsuech a der Beärdigung cho danke, dass er ihm het i ds Poschtouto gholfe. Mänge jung Maa isch em Gottlieb dankbar gsy, wil er ihm het Rat gwüsst. Syg das Rat bi handwärkleche Problem, oder binere Hilf i Läbesfrage. Geng het er Zyt gha u het sech Zyt gno. We me zu ihm isch, de isch me sech vorcho wie deheime. Ufgno, akzeptiert u geborge. Das Gfüel isch eigetlech sehr sälte meh z übercho. U d Bewohner vo Äschi sy sech bewusst worde, wie starch der Gottlieb für d Dorfgmeinschaft aktiv isch gsy. Wie ne wichtegi Ufgab dä Maa i ihrem Dorf erfüllt het. U wie guet, aber o wie ufopfernd u sälbstlos, dass er der Gmeinschaft isch zur Verfüegig gstande.

D Chilche isch übervoll gsy, wo der Pfarrer uf d Kanzle uechen isch. Mit em Ygangsspiel het d Organischtin d Abdankig aagfange.

«Liebi Truurgmeind», so het der Pfarrer nach der Musig aafa rede. «Mir sy hie zäme cho, für Abschied z näh vom Gottlieb Wyss. Gebore am füfte Juli, nünzähundertzweievierzg, gstorbe am letschte Sunntig. Wohnhaft gsy z Äschi.»

Jetze het er e Pouse gmacht.

«Das sy Date. Zahle. U was bedüte si? Eigetlech nüüt! Wil mir, liebi Truurgmeind, vom Verstorbnige doch vil meh kennt hei, als Geburtstag, Todestag u

Wohnort. U glych. Wär het de scho würklech meh gwüsst übere Verstorbnig? Leider bin i no nid allzu lang i öier Gmeind tätig. Drum ha o ig ne nid richtig kennt. Ja, wär vo öich het ne de eigetlech richtig kennt? I ha es Paari von öich gfragt. U bi tief erschütteret gsy vo dene Antworte. Niemer, fasch niemer, het von ihm vil meh gwüsst, als das, won i vori ha achegläse. Dass er Busfahrer isch gsy, öppe no. Oder dass er Chüngle züchtet het. Aber was er wyter gmacht het? Wär weis es? Isch das nid truurig? E so ne liebe, guete Maa, wo üs allne uf irgend e Art gholfe het – u niemer het ne gnauer kennt! E härzensguete Mönsch, wo allne, wo hie inne sitze, vorgläbt het, was Nächschteliebi würdi heisse. U wär het ihm Nächschteliebi ggä? Het äch sys Härz darum ufghört schla? Wil alls won er gmacht het, vo Härze isch cho? Het sys Härz us däm Grund ke Chraft meh gha? Wär weis das? Ja, was wüsse mir de überhoupt? Frage über Frage. Aber är het nie gfragt. Ungschouet het er ggä. Unändlech vil Liebi verteilt. Jedem, wo se het wölle ufnäh, het är se ggä. U jetze isch er ggange. Jetze fählt er üs. Är fählt üs syt em letschte Sunntig, wo mir zäme obe uf der Alp si gsy, us gmüetlech hei gha. U möget er nech no erinnere, was i denn für ne Predigtext ha brucht? Heit er nid o ds Gfüehl, dass der Gottlieb Wyss eine vo dene Wenige isch gsy, wo ke Lärme gmacht het? Är isch eine vo dene gsy, wo d Stärne äbe aagluegt het. Eine wo het verstande, dass es so mues gah, wies äbe geit. Är het sech dry gschickt i sy Situation. Het wäge syre Chrankheit kes Ufsehe wölle mache. Für üs fasch unverständlech, dass är sech nie drüber güsseret, verschwyge de sech beklagt het. Aber mir müesse sy Haltig akzeptiere. Ja. Är isch still vo üs ggange. So wien er o gläbt het. U wil für ihn Stilli öppis ganz Wichtigs schynt gsy z sy – är isch ja nid vergäbe a mängem Freitag uf d Alp Mittelbärg ueche – möcht ig öich jetze bitte, no einisch still z sy. Still z sy, wils nüüt meh z säge git. Still z sy, wil das ds Einizige isch, wo mir ihm gägenüber no chöi. Jedes wytere Wort wäri o hie z vil.»

Der jung Pfarrer het d Wort no chli la würke u isch du abghocket. Me het ihm aagseh, dass es ne innerlech hudlet.

Aber nid nume ihn hets ghudlet! I der Chilche z Äschi isch e Schwingig entstande, me hätti se chönne gseh, we me hätti wölle. Aber di meischte Lüt sy mit sich sälber beschäftiget gsy. Di Einte hei probiert, d Träne zrugg z ha. Di Andere sy i sich ggange u hei sech still Vorwürf gmacht, warum dass si nid meh uf dä jetz Verstorbnig ygange sy. U si hei sech vorgno, de das bi andere Mitmönsche besser z mache.

Der Benjamin het meditiert u a die Zyt dänkt, won er mit em Gottlieb isch ga wandere. Der Johannes het ganz inbrünschtig bättet. Müllers hei sech ufem Chilchebank d Hand ggä u o der Jappi Käch het probiert, sym Gwirr im Chopf einigermasse Herr z wärde.

Vo ihm het me nume sy Herti u sy Gröbi kennt. Un är het das o so wölle. Jetze aber, won er gspürt, dass o är einisch wird da vorne imene Sarg inne lige, sy syner weiche Züg ganz töif i ihm inne aktiv worde. Är het di Gfüehl öppe einisch gspürt. Aber bis jetze ischs ihm geng no glunge, se z zügle, u se wider z verstecke. Hütt aber het er Müei dermit. U wo du ds obligate Zwüschespiel nid der Organischt, sondern der Benjamin mit em Alphornspiler zäme gmacht het, isch es du um sy Beherrschig gscheh gsy. Är het ke Chraft meh gha, der Starch z spile. Hemmigslos her er aafa gränne.

U das – zäme mit der Musig – het e Signalwürkig gha, wo me hie i dere Chilche no sälte erläbt het. D Mönsche hei sech aafa gä, wie si sy. Niemer het me Angscht gha vor em «was säge äch de di Andere». D Lüt hei ihrne Gfüel freie Louf gla. U dass der Uslöser zu dere Ehrlechkeit grad usgrächnet der Jappi isch gsy, het vilne no Tage nach dere Beärdigung z dänke ggä. Aber gseit het natürlech niemer öppis.

Wo du der Pfarrer syner Mitteilige het wyter ggä gha, isch me zäme zu der Chilchen us, d Stäge ab u übere ufe Fridhof gloffe.

«Ich hatt einen Kameraden» het d Musiggsellschaft gspilt. Der Gottlieb isch zwar nid Aktivmitglied gsy u dä Verein isch eigetlech o nume dene a ds Grab ga spile, wo während em aktive Musikanteläbe gstorbe sy. Aber jede, wo a dere Abdankig isch derby gsy, het ds Gfüehl gha, dass sygi nume Rächt, dass d Dorfmusig em Gottlieb zum Abschied tüeij spile.

O wo der Benjamin sys Didgeridoo füre gno het u druffe het aagfange Schwingige erzüge, het jede gspürt, dass o das irgendwie zum Gottlieb ghört het. Är isch würklech e bsunderige Mönsch gsy. U drum het das bsunderige Instrumänt nid gstört. Im Gägeteil.

Der Fähndrich vo der Musiggsellschaft het mit der Fahne überem Grab em Gottlieb der letscht Gruess ggä. Der Pfarrer het ds Schlussgebät bättet u du hei alli nachenand persönlech Abschied gno, vo däm wärtvolle Mitmönsch.

Z Äschi steit es schöns Geböid usem Jahr 1531. Es ligt chli quer zu der hüttige Strass u me gseht, dass d Wäge früecher no anders verloffe sy, als hüt. Me merkt o, dass me denn o no vil weniger Platz für e Verchehr brucht het, als hüt. A däm alte Geböid hange no Fellläde – im wahrschte Sinn vom Wort. Holzläde, hell laggiert, wo me vo obe gäge ache mues lege, für d Fänschter zue z decke. Das Huus isch, syt das es isch boue worde, e Gaschthof. Der Gaschthof Stärne.

Dert häre sy si alli yglade gsy. Als Gescht. Yglade vom Verstorbnige, wo syner Sache genau greglet het gha. D Nachbure hei i sym Sekretär e Ufstellig gfunde, was bi sym Tod alls z erledige sygi u wien ärs wölli ha. E Teil vo däm Inhalt hei d Lüt o verno. Im Bsundere, dass es no e Adrässe vonere Frou drunder heigi, wo me unbedingt söll ylade. Niemer het gwüsst, wär sech derhinder verbirgt. Öb di Person aawäsend isch, isch i der Chilche niemerem i Sinn cho z luege. Jetze aber, wo me a de Tische ghocket isch, u sech di aadächtegi Stilli langsam het aafa uflöse, isch der mönschlech Gwunder wider erwachet.

Mängi Frou het sech versteckt umegluegt, was äch di andere Froue anne heigi. Mänge Maa het heimlech gluegt, weli äch schöner sygi – im Verhältnis zu Syre.

U da isch ne du o ufgfalle, dass da, ganz elei amene Tisch, e hübschi Frou sitzt. Die wo vo Gottliebs letschtem Wille gwüsst hei, hei scho vermuetet um wän sechs da chönnti handle. Aber eifach zu dere Person z gah, härezhocke u se de z frage, het sech doch no niemer vo dene getrout. So het me mit de Lüt am eigete Tisch aafa brichte u gly druf het du ds Servierpersonal ds Ässe uftischet. Du ischs es stiller worde.

Aber nid für lang. Spätischtens bim Gaffee het me nume no de Chleider vo de Lüt aa gseh, warum si da sitze. Vo der Stilli i der Chilche isch nüüt meh z gspüre gsy. Lut dürenand isch diskutiert worde. Zersch übere Gottlieb. Was das für ne Feine sygi gsy u was me hätti sölle u warum dass me nid heigi. Churz drufache isch es du der Pfarrer gsy, wo me lysli kritisiert het. Är isch ja no aawäsend gsy. Oder der Dokter – das chönni me doch de nid verstah, warum de dä nid ... Aber äbe di Gstudierte syge sowiso ... U die tüeje ja geng nume ... U überhoupt ...

So isch du der Alltag langsam wider ygchert u di erschte Lüt sy heizue ggange. Äntleche isch es du öpperem i Sinn cho, sech dere Frou aaznäh, wo geng no elei am Tisch isch ghocket.

«Entschuldigung. Darf i öich öppis frage?», het jetze eini vo de Nachbarsfroue der Fade ufgno.

«Syt dir d Frou Christener?»

«Ja, die bin i», git die zur Antwort.

«Es tuet mer leid, dass mir nes gar nid um öich gkümmeret hei. Aber wies äbe so geit, da fat me aafa brichte, u vergisst alls um eim ume. Chömet. Hocket doch zueche», het si se jetze yglade.

Mit emene liebe «Danke», isch du di Frou zu de Andere ghocket.

«Syt dir d Brigitte?» Wie nes milds Lüftli fragt das der Benjamin.

«Ja. Dir kennet mi?», seit jetz d Frou Christener erstuunt.

«Nei, eigetlech nid. Aber der Gottlieb het mer vil vo öich verzellt.»

Uf das ache hei jetze alli Aawäsende der Benjamin aagluegt, wie wen er vomene andere Stärn chiem. Dä! Grad usgrächnet dä schynt öppis z wüsse, wo si nid wüsse. Me het d Fragezeiche i de Ouge vo de Yheimische chönne gseh. Aber der Benjamin isch gschickte gnue gsy, di Frou nid i Bedrängnis la z grate.

«Wüsst er», fat er aa. «Der Gottlieb isch i de letschte füf Jahr, won i der Summer dür uf der Alp obe bi gsy, mängisch zue mer ueche cho. Är het d Alpewält gärn gha. U mir sy o öppe einisch zäme ga loufe – ömel sowyt sys chranke Härz das zuegla het.»

«Ja, das heisst, du hesch gwüsst, dass er chrank isch?», platzt jetz eine i di Erklärig yne.

«Ja. I weis es scho syt lengerer Zyt. Aber der Gottlieb het wölle, dass i nüüt säge. Är het kes grosses Gheie wölle drus mache derwäge. Är isch mängisch bi mir obe gsy un er het mer verzellt, wien er isch ufgwachse. Het verzellt, was er i sym Läbe gmacht het u äbe: wär d Brigitte isch. I darf doch so zueder säge?»

Si het nume gnickt.

«Der Gottlieb het gar ke schöni Jugend gha. Syner Eltere sy beidi, won er isch füf Jährig gsy, bimene Unfall um ds Läbe cho. Grosseltere het er vo beidne Syte här kener meh gha. U weder Gschwüschterti no

Unggle oder Tante sy umewäg gsy. Churz, der Gottlieb isch zu syre Gotte cho. U isch dert ds füfte Rad am Wage gsy. Si hei es Lotterläbe gfüert. U wenig hättis brucht, de wär er uf di schiefi Bahn grate. Zum Schuelabschluss het er vo sym Lehrer es interessants Buech übercho. Gschribe vom Herrmann Hesse. «Siddharta» heissts. Un es verzellt d Gschicht vomene Buddhistische Mönch. Das het ihn so fasziniert, dass er sys Läbe vo denn a denn sälber i d Händ gno het. Är isch ga sueche, het sech mit andere Relegione aafa befasse. Was er gsuecht u gfunde het, chan i öich nid mit churze Wort beschrybe. U vilecht gits für das o kener Wort.

Ytem, der Gottlieb het aafa läse. Het sech aafa wyterbilde u isch du nach emene Jahr im Wältsche, i d Lehr als Outomechaniker. I dere Zyt het er du o d Brigitte glehrt kenne. Är het mer vil vo dir verzellt. Aber i gloube, dass ghört nid hie häre. Nume eis – u villicht dörfti o das nid säge, aber es dünkt mi wichtig, für e hüttig Tag: Du bisch di einzegi Frou gsy, won er gärn het gha. Är isch ja ledig bblibe u het di geng i Ehre ghalte.»

Dass der Brigitte jetze Träne chöme, versteit jede nume z guet. Für dass si mit ihrne Gedanke chli het chönne elei sy, het der Benjamin wyter verzellt: «Der Gottlieb het all sys Gäld uf d Syte gleit u isch ga längi Reise undernäh. Är isch nid eine gsy, wo der Rummel gsuecht het. Sandstränd hei ne sowenig aazoge, wie di bekannte «Ledige-Manne-Destinatione». Nei, är isch ga sueche. U uf dere Suechi het er für ne lengeri Zyt imene Buddhistische Chloschter z Thailand gläbt. Aber nid nume dert. Är het später o di Japaneschi Kultur glehrt kenne. Isch e zytlang mit Tibetanische Mönche zäme gwohnt u het sech o mit Islamistische Gloubensgmeinschafte befasst. Wahrschynlech gits niemer i üser Gägend, wo meh über di verschidenschte Relegione gwüsst het, als der Gottlieb. Aber är isch nie ga husiere mit sym Wüsse.

Won ig ne ds erschte Mal uf der Alp aatroffe ha, hei mir der Fade zunenand sofort gfunde. Vilecht, wil o i uf der Suechi bi u nid so gwöhnlech läbe, wie dir hie unde. Uf jede Fall hei mir Zwee vo der erschte Stund aa sehr gueti Gspräch gha. U mir hei mängisch zäme meditiert. Är im Lotussitz, un ig bim Spiel mit em Didgeridoo. Ja, dass hätti me ihm nid aagseh, gället? Aber äbe, wär vo üs hets de scho wölle gseh, das «drinn inne»? Ussert ihm. Är het nid uf Üsserlechkeite gluegt. Süsch hätti är mi ja o abglehnt. Är het glehrt dry yne z gseh. U glehrt het er das, wil er übere Nasespitz usegluegt het. Wil er gseh het, dass – u jetze entschuldiget bitte Herr Pfarrer – üsi chrischtlechi Relegion nid ds Rächt het, z säge, si elei sygi seeligmachend. Wil er glehrt het, dass der Mönsch, das göttleche Wäse, d Relegion i sich inne het. Dass jede Mönsch der frei Wille het, das z tue u z la, won er gägenüber sich – u dadermit o gägenüber em Göttleche – cha verantworte. Em Gottlieb sy Ystellig isch gsy, dass jede Mönsch mit sich sälber i ds Reine mues cho. Weder ds Bychte no e Meditation chöi eim das abnäh. Aber hälfe uf däm Wäg chöi si. U dä Wäg isch der Gottlieb ggange.

I weis, das won i jetze hie ha verzellt, ghöre nid alli gärn. U das macht o nüüt. Numen öppis möchti nech no ufe Wäg gä. Öppis, wo mi der Gottlieb vo Aafang a glehrt het. Mir sy alli hie für z lehre. Z lehre, dass es öppis git, wo unändlech vil grösser isch, als üsi Vorstelligschraft. U dass das Grosse – wie me däm seit, spilt ke wesentlechi Rolle – i üs allne isch. Öb Schwarz oder Wyss. Yheimisch oder Asylant. Pfarrer oder Gouner. Länghaarig oder churz gschnitte. Buddhischt oder Chrischt. U üsi Ufgab isch es, das Grosse z sueche – ungschouet vo Relegion, Ussgseh u Ystellig. Dass das nid liecht isch, wüsse mer alli. Aber dass es machbar isch, das het nes der Gottlieb vorgläbt. U für das wei mer ihm dankbar sy.»

Jetze isch es wider still gsy im Saal. Di Lüt, wo no sy übrig bblibe, hei über di Wort nachedänkt. Si hei jetze der Gottlieb no einisch imene ganz andere Liecht gseh. Aber nid nume ihn. Natürlech o der Benjamin. U nid z Letscht sich sälber. Mänge isch dert ghocket u het sech Gedanke gmacht über sys Läbe. U me hätti chönne meine, der Gottlieb sygi Mitts under ihne. Lächli ne zue, u hälfi ne bi ihrne Problem, ihrne Sorge u bi ihrem Unvermöge mit em eigete Läbe z Schlag z cho.

Z Äschi isch me du i de nächschte Tag langsam wider zu der Tagesornig übere ggange. A Bärgdorfet het me scho no dänkt. U o d Beärdigung isch mängem i der Erinnerig bblibe, wen er näb der Chilche isch verby gfahre. Aber am Meischte het dene der Gottlieb Wyss gfählt, wo z Spiez am Bahnhof i ds Poschtouto ygstige sy. Wil se niemer meh so lieb het begrüesst wien är.

www.

"www.chat.ch", döggelet er i d Taschtatur vo sym Computer y. De git er der Enter-Taschte e Mupf u scho ratteret sy Compi. Nach paarne Sekunde isch er im Chat-Room. Jetze no der Nick-Name ygä u scho luegt er dert nach nöie Gsprächspartner.

Der Kurt isch nid ds erschte Mal mit Hilf vom Computer am Gsprächle. Nei, ds Chatte – oder äbe ds enand mit der Elektronik Briefli schrybe – isch i de letschte Monet zu eim vo syne Hobbys worde. Stundelang hocket er vor em Bildschirm, suecht Informatione, spycheret Date uf syre Feschtplatte, u äbe: chattet mit Glychgsinnte. Mängisch isch es zwar scho Stumpfsinn, was da so alls übere Monitor flimmeret. Un er het sech o scho usklinkt, wes ihm isch z dumm vorcho. Sys Ziel bim Chatte isch i der Regel, Glychgsinnti z finde, für mit dene über Gott u d Wält z philosophiere.

U für ihn het das Ganze no e spezielle Vorteil: Me gseht enand nid! D Sympathie chunnt nume dür d Wort übere – oder äbe o nid. Das machts einersyts rächt schwirig, anderersyts isch das genau das, wo ihm gfallt. Är mues sech nid z erchenne gä. Cha syner Gedanke los wärde, ohni dass öpper weis, wär hinder dene Wort steckt.

So het der Kurt mänge Tag u Aabe verbracht u mit unzählig vilne Lüt Kontakt gha. O jetze wider. Wil er im allgemeine Chat niemer findet, wo sech ds Kontakt ufnäh lohnt, geit er wyter i ne spezielle Chat. "Thun!", isch er aagschribe un är gseht sofort, dass dert öppis louft. Aha, öpper Nöis! Mit em Psöidonym "listen". Är schaltet sech i d Diskussion y:

"hallo listen", git er y u wartet, öb er en Antwort überchunnt.

"hallo multiple", steit gly drufache uf sym Bildschirm.

"multiple" isch der Name, won är für sich bim Chatte brucht. Eh ja, "Kurt" wär z offesichtlech u i der Regel wott me ja bim Chatte nid erchennt wärde.

"hesch e guete sunntig gha", fragt er wyter – i der Chlyschrift, wil das d Regel isch im Chat – es schrybt sech drum uf die Art schnäller ...

"chli längwylig", chunnts zrugg.

"was hesch gmacht", wott er jetze wüsse.

"was me so macht we d wohnig ei stoubwulche isch u di ungletteti wösch eim aabrüelet", list er.

"de bisch du wyblech", wagt der Kurt e Frontalagriff, obwohl er weis, dass grad settegi privati Frage bi vilne verpönt sy.

"bisch e gwunderhund", schrybts zrugg. U bevor der Kurt wider öppis ydöggelet het, de no grad:

"meinsch nume froue chönne glette"

Päng! Das isch gsässe. Normalerwys gieng der Kurt jetze usem Chat use. Aber irgendwie gspürt er, dass da öpper Interessants uf der andere Syte isch.

"gwunderhund ja macho nei", pängglet er zrugg.

"u du was hesch du gmacht", wird er jetze gfragt.

"der pc gsüberet u ggeimet", git er y.

"fule sack", chunnts zrugg.

Das schynt e frächi Täsche z sy – wes ömel de e Frou isch. Är wartet no grad e chli mit antworte. Eh ja, me söll sech ja nid alls la gfalle. Natürlech chönnt er sech o usklinke. Aber irgendwie gfallt ihm di Gradlinigkeit vo der "listen".

"bisch gfruschtet", fragt ds Gägenüber. U grad no einisch wartet er mit antworte.

"HAS NID SO GMEINT SORRY!", list er jetze ufem Bildschirm. Es fröit ne chli, dass d Antwort i Grossbuechstabe gschribe isch. D Grossschrift bedütet i der Chatsprach nämlech, dass me lut redt oder sogar möögget.

"scho rächt bi nume öppis ga z foode reiche", schrybt er zrugg, obwohl das nid stimmt, wil er uf sym grosse Schrybtisch geng öppe Frässalie desume z lige het.

"ha scho gmeint i heigi di verletzt"

"göh mer übere", fragt der Kurt u doppelklicket uf "listen".

Jetze sy si elei. Chöi schrybe, ohni dass di Andere chöi läse was. Das isch ds Gäbige am Chatte. We me öpper lehrt kenne u ihm chli meh wetti Prys gä, als nume was für Wätter dass dusse isch, oder was me geschter gmacht het, de geit me i ne separate Ruum. Natürlech isch o das geng no rächt unpersönlech. Aber doch scho chli necher, als im allgemeine Ruum. O hie weis me aber nie, öb öpper mit eim wott ds Chalb mache oder öb er ehrlechi Sache schrybt.

"hesch rächt gha i bi w", steit uf Kurt sym Bildschirm.

"u du schynsch m z sy", geits wyter, bevor der Kurt e Antwort cha gä. Abchürzige wie m u w, wärde im Chat vil brucht. Me wott ja i müglechscht churzer Zyt müglechscht vil Informatione übere bringe. Drum sy di meischte Texte churz u bündig. U de gits ganz e Huffe Chürzel: F2F "von Angesicht zu Angesicht" (face to face), oder IC "i verstah" (I see) u de no DAU. We dir de das öpper schrybt, de söttisch über d Büecher, wil das nämlech "völlige Computeraafänger", oder äbe «Dümmster Anzunehmender User» bedütet ...

Aber o anderi Abchürzige kennt me im Chat. So bedütet zum Bispiel :) öppis mit lächle säge. Eh ja, dräi der Chopf chli u lueg das Symbol vo der Syte aa, de erschynt der Smily. Umkehrt bedütet de :(e truuregi Mitteilig, wil das Zeiche ja e Mouggere macht.

"m 25 183 u stinkfuul", fahrt der Kurt der Dialog mit syne eigete Date wyter.

"doch preicht mit fule sack gäll", stüpft si zrugg.

"u dy chragewyti", probiert er z frage. Är weis nid warum er so offe isch. No nie het er imene erschte Chat so vil vo sich useggä un är nimmt sech vor, chli vorsichtiger z sy.

"w 24 175 u aktiv", schrybt si zrugg.

Der Kurt wunderet sech, dass o si bereits rächt offe isch un er wagt sech no chli wyter vor:

"bisch usem oberland"

"ja u mir hei es schöns schloss überem dorf", chunnt d Antwort.

"thun", schrybt er, wie us ere Kanone gschosse.

"päch gha thun isch doch e Stadt nid es dorf", git si zrugg.

Uff! Voll ynegrasslet. Em Kurt git dä Ort aber z dänke. Bärner Oberland, es Schloss über em Dorf – u doch nid Thun? Är fat aafa d Schlösser ufzelle: Oberhofe chas nid sy. Dert steit ds Schloss am See. Unterseen het sys im Dorf, nid überem. Em Brienzersee z düruf chunnt ihm nüüt i Sinn u ds Haslital kennt er nid so guet. Hets im Kandertal es Schloss? Är weis es nid.

"i mues jetze gah CUL", list er ufem Bildschirm.

«Neeei!», brüelets i ihm inne un er git schnäll "(@@)" y, i der Hoffnig, dass si versteit, was er meint. Aber we si scho CUL schrybt – das isch d Abchürzig für "see you later" u bedütet: bis später – de weis si o, dass syner Zeiche öppe so vil heisse wie: söll das e Witz sy? U prompt chunnt d Antwort:

"nei i mues bisch wider einisch hie druffe"

"natürlech un i fröie mi uf üse nächscht kontakt" schrybt er no u gseht grad, dass sech d "listen" scho abgmäldet het.

Är ma o nümme u klinkt sech drum o us. U – was süsch nid üeblech isch bi ihm – är fahrt sogar der Compi ache u leit sech gmüetlech uf ds Bett. Är grüblet geng no däm Ort nache mit em Schloss über em Dorf. Un er nimmt sech vor, bim nächschte Chat e Antwort parat z ha. Mit der rächte Hand gryfft er zum Handy u lütet em Daniel a.

«Was isch ömel o i mi gfahre?», fragt sech d Silvia, wo si sech usklinkt het. Si het ja gar ke Grund gha, nümme z ploudere. Aber si het plötzlech gmerkt, dass si öpperem meh Informatione ggä het, als si eigetlech hätti wölle. Warum, das het si nid gwüsst. U genau das verunsicheret se total!

Einersyts wäri si am Liebschte grad wider mit em "multiple" ga chatte. Anderersyts weis si, dass Aanäherige im Chatroom fatali Folge chönne ha, wil ja nid geng nume ehrlechi Lüt am Döggele sy. U glych het si gmeint z gspüre, dass der "multiple" en ehrlechi Hut isch.

Während dene Überlegige hüschteret si, sturm wie nes Huehn, dür d Wohnig dür. Tuet hie chli öppis i d Gredi u stellt dert no chli öppis um. Aber eigetlech Sinnvolls macht si nid. Si isch dürenand.

«Dumms Huehn! Da schrybt eine, är sygi männlech, füfezwänzgi, tüei gärn compüterle, sygi ke Macho, aber e fule Sack u sygi e Gwunderhund. U du Güezi überchunnsch vo so Informatione weichi Chnöi un es Gstürm underem Huet!», balget si mit sech sälber. U wie we si Hilf bruchti, i dere fasch chli lächerleche Situation, steit Bsuech under der Huustür.

«Hallo Franz!», empfaat ne d Silvia.

«Hallo Sile. Jesses, was isch de mit dir los?», wird d Silvia begrüesst. Si wird fasch chli rot, wil si nid weis, wie reagiere. Si isch über sich sälber hässig! Hässig, wil si sech so lat la drusbringe. U hässig o, wil Franz gmerkt het, dass se öppis beschäftiget.

Franz isch eigetlech lätz. Franziska wäri richtiger. Aber syt sech die Zwo kenne, nenne si sech so. Franz u Sile. Mängisch, we si lieb zue sech sy, säge si de o Fränzi u Silveli. Das isch stimmigsbedingt. U wes de öppe einisch chli lüter zue u här geit als gwöhnlech, de heisse si de Franziska u Silvia. Zwo Froue, wo scho einiges hinder sech hei. Jedi für sich – aber o zäme!

«Wosch es Tee?», fragt d Silvia, wo sech chli cha zämerisse. U wo si gseht, dass sech ds Fränzi gmüetlech i d Polschtergruppe setzt, wird o si wider e chli ruehiger.

«Was hesch gha?», wird si aber no einisch gfragt.

«Nüüt Speziells», probiert d Sile z besänftige.

«Verzell ke Chabis. Du bisch us irgend emene Grund ufgwüehlt. I kenne di doch! Mir chasch nüüt vormache. Mir chasch o ke Seich aagä.»

«Äs isch würklech nüüt Speziells. I ha nume grad mit öpperem chattet», probierts d Silvia no einisch.

«Was isch de das für ne Bsunderling gsy, dass du so ab der Rolle bisch?» U du erchlüpft: «Hesch du öppe scho nes Date abgmacht?»

«Spinsch! I weis ja no fasch nüüt vo ihm. U das won i weis, cha ja gschwindlet sy.» Di Bemerkig seit si mit so grosser Usdruckschraft, dass ds Fränzi ds Muul offe vergisst.

«Lue nid so blöd. I weis dänk o, dass i spinne. Das muesch mer nid o no säge. U dass i dürenand bi, weis i o. I weis nume nid warum. Mi het ömel i der letschte Zyt nid so schnäll öppis drusbracht. U jetze das! I bi doch es blöds Huehn! Säg mer, dass i spinne! Säg mers, Franz! Säg: Sile, du hesch en Egge ab!»

D Franziska seit nüüt. Si luegt ganz ärnscht zu der Silvia übere, wo jetze am andere Ändi vom Sofa abhöcklet. Wie nes Hüffeli Eländ gseht si us. D Franziska isch geng no ruehig. Ersch wo se d Silvia mit emene «Basset-Hunde-Blick» aaluegt, fö ihrer Muulegge aafa fibriere u gly drufache cha si sech nümme überha. Grediuse lachet si u derby chlopfet si so fescht mit de Händ uf ihrer Oberschänkle, dass es eim scho bim Zueluege weh tuet.

«Üsi Sile isch verliebt! Verliebt i ne Chatter!», macht si sech über d Silvia luschtig.

«Hör uf settige Seich z verzelle!», begährt die uf.

«Für verliebt z sy, bruchts de bi mir doch no chli öppis meh, als e churze Chat.»

Si drääit sech vom Fränzi furt. Grad wie we si wetti ihre eiget Stolz präsentiere.

«Natürlech. I weis. Sorry. Aber mi dünkt das doch härzig, dass di e wildfrömde Mönsch so cha drusbringe. Wen i dänke, wie mängi Situation mir Zwo scho hei düregmacht. Situatione, wo du geng überleit u überläge gmeischteret hesch – u jetze chunnt e eifältige Chat – u scho überchunnsch Flügel. Aber, aber Silveli.»

Die letschte Wort hei der Silvia guet ta. Irgendwie isch si wider ufe Bode zrugg cho u si begryft jetze, was i dere letschte Stund isch abgloffe. Drum fasst si zäme: «Gsehsch. We me öppe einisch chli Underhaltig bruchti, u se halt ufem unpersönleche Wäg im Computer suecht, de chas liecht passiere, dass nume es paar Wort länge, für eim drus z bringe.»

«Oh, du Arms. I verstah di ja. Du heschs scho nid liecht», git jetze ds Fränzi ihrem ehrleche Beduure Usdruck.

«Kener ...»

«... Sentimentalitäte», gheit d Franziska der Silvia i ds Wort. Wie mängisch hei si das äch scho gmacht, si Zwo? Jedesmal, we di Einti di Anderi us emene Seeleschmätter usegreicht het gha, u ds Beduure über ds Andere usdrückt het, isch der Satz «Kener Sentimentalitäte» als Schlusspunkt im Ruum gstande.

Die beide Froue sy nämlech eigetlech rächt starchi Persönlechkeite. Jedi uf ihri Art. U jedi het ihre Wäg gmacht.

D Franziska isch nid grad inere glückleche Familie ufgwachse. D Eltere – gnauer gseit der Vatter – het der Franziska nid vil derna gfragt. U d Tochter het bim Vatter nid halb so vil ggulte, wie der Sohn. Dä het mängs übercho, wo ds Fränzi nume het chönne tröime dervo. Si isch daderdür es zruggzognigs Chind worde u het eigetlech fasch ke Kontakt zu de glychalterige Gspändli gha. Drum isch si vil deheime i ihrem Zimmer ghocket u het gläse. D Dorfbibliothek vo Toffe, i däm Dorf, im Chabisland, isch d Franziska usgwachse, isch fasch z chlyn gsy für di Läseratte. Wo si du us der Schuel isch cho, het es Jahr im Wältsche d Zyt überbrüggt, bis dass si ihre Troumbruef, Chrankeschwöschter, het dörfe aafa lehre.

Da hets de d Silvia lieblecher gha. Nid eifacher. Gar nid öppe. Aber si het d Liebi vo ihrne Eltere, u o die vo de Grosseltere gspürt. Si isch inere hilfsbereite, liebe u verständnisvolle Umgäbig ufgwachse. U z Langnou, wo si i d Schuel isch, hei alli Lehrer, wo mit ihre z Tüe hei gha, geng wider gstuunet, wie begabt das Chind isch. Dass ds KV nume der Aafang vo ihrer bruefleche Loufbahn wird sy, hei all die gwüsst, wo der Silvia ihres Sprachtalänt kennt hei.

«Chumm, mir wei jetze ga luege, öb das Mädi wider dranne isch», seit der Daniel zum Kurt. Si hocke zäme i Kurt syre Wohnig. I der gmüetlech ygrichtete Chuchi.

«Nei, i ma nid», git dise mutz zrugg. Är beduurets fasch chli, dass er geschter sym Fründ vo der "listen" verzellt het. Der Daniel het zwar Verständnis für di Situation, meint aber, dass das Gschichtli jetze ersch sy Aafang heigi gno. Jetze gältis, mit Verstand u Aktivität derhinder z gah.

Am Erschte hättis em Kurt nid gfählt. Aber für ds Zweite het er i der Regel nume es müeds Lächle übrig.

«Los! Wär nüüt wagt, gwinnt nüüt!», git der Dani no einisch Gas.

Der Kurt luegt ne a un er mues fasch chli lächle, wen er dra dänkt, was si Zwee synerzyt zämegfüehrt het. Si sy eigetlech scho zwee glungni Vögel, der Dani un är! Un er lächlet no grad einisch, won er übere Dani nachedänkt.

Der Dani isch e liebeswärte Kärli. Härzensguet u hilfsbereit. U glych nid so, wie me sech settegi Lüt vorstellt. Der Dani isch gar ke Softi. Ke Weichling u ke Tüüsseler. Nei, är isch sportlech, initiativ u sälte, sälte truurig oder verruckt. Är sprüeit vor Energie u mit syne dunkle Haar u de füürige Ouge, isch er e Gfahr für alli Froue. Das het ihm bis jetze scho mängi Beziehig ybracht. Aber o grad wider so vil Trennige. D Partnerinne wärde meischtens scho nach churzer Zyt yversüchtig, wil der Dani, trotz ere feschte Beziehig, mit anderne Froue flirtet. U wil er e gebildete, wortgwandte, wältoffene Mönsch isch, isch er natürlech bi jedem Gspräch e interessante Partner. U so mängisch är mit öpperem zäme isch, so mängisch isch er o wider elei. So wie im Momänt.

«Chumm jetze!», rüeft der Dani ungeduldig. Der Kurt merkt, dass ers ärnscht meint.

«Aber wes de persönlech wird, de luegsch de wäg,

gäll?», bättlet der Kurt. U merkt grad, dass er jetze öppis Lätzes gseit het. Der Dani luegt ne ganz unglöibig aa.

«Küre, i gloube, di hets verwütscht! Settige Seich hesch nämlech scho lang nümme usegla.»

«Also. De tüe mer halt.» Mit dere nid grad motivierte Ussag, startet er der Compi. Nid z Letscht für em Dani nid no einisch e Grund für sy unerklärlechi Närvosität z gä.

«Lue, da isch si!», jublet der Kurt. Der Dani beobachtet ne ganz genau.

"hallo listen", git der Kurt y. U churz drufache chunnt scho d Antwort:

"hallo multiple schön dass du wider da bisch"

«Hurra, si wott öppis vo dir», ergelschteret sech der Dani. «Los schryb wyter!», befihlt er.

"i fröie mi o", döggelet der Kurt y.

"hesch usegfunde won i wohne"

"nei"

"hesch i der gogere meischtens zum fänschter us gluegt gäll"

"eigetlech nid aber i chume nid druf"

"wimmis»"

«Natürlech, mir Lööle», mäldet sech der Dani, reckt sech mit der Hand a d Stirne u fahrt mit de Finger dür ds Haar.

"u du", fragts wyter.

«Was söll i ömel o schrybe, Dani», fragt der Kurt unsicher.

«Isch doch logisch: Wahlere. Das findet si nid im Telefonbuech», git dä zur Antwort. Der Kurt gits y.

"diräkt im dorf oder gäge d chilche ueche"

Die beide Manne luege sech scho wider komisch aa.

"schwarzeburg üsi schöni heimat wahlere kappeler gasser grossätti het gschwyzerörgelet längt das als erklärig", schrybt si, bevor die Zwee sech vo ihrem Stuune erholt hei.

"das isch aber sälte dass öpper das weis"

"i bi o sälte"

«Momol, das Modi het de e Meinig vo sech. Jetze muesch o i d Offensive, Küre. Süsch übercharet si di», meint der Dani. Aber der Kurt blybt am Bode u schrybt:

"was machsch brueflech"

"chli e spezielli tippmieze u du"

"z ersch outomech u jetze elektroniker"

"warum de dä wächsel"

Die beide Manne luege sech wider aa. U du schüttlet der Dani ganz bedächtig der Chopf.

«No nid jetze, Kurt», mahnet er ihn.

"gschicht", git der Kurt y u der Dani schüttlet der Chopf. Das Mal aber uf un ab.

So isch di Chatterei no lengeri Zyt wyter ggange. Der Kurt het no erfahre, dass d "listen" im AC Zentrum z Spiez wärchet u umkehrt het er ihre verrate, dass d Firma Kern sy Arbeitgäber isch. Si hei no abgmacht, dass si wyter wei i Kontakt blybe u sy du usem Chat-Room use.

«Läck Küre! Da hesch de eini ufgablet!», cha sech der Dani nümme überha. «I stelle mir se vor: Schwarzi Haar, grossi, rehbruni Ouge, e Figur wie ne Sportwage, e Vorbou wie d ...»

«Hör uf!», rüeft der Kurt. Hässiger weder dass ers

eigetlech hätti wölle. «I mache mir mys Bild vo dere Frou sälber.»

Der Dani hört uf mit sym Fantasieprogramm, luegt der Kurt vo obe bis unde aa, wird ganz Ärnscht, u seit du mit ere liebleche Stimm: «Kurt i gspüre, dass sech da öppis tuet. U du weisch, wien ig dir das mögti gönne.»

«I weis. Aber du weisch grad so guet wien ig, dass da nüüt drus cha wärde.» U mit dere Ussag überchunnt di ganzi, luschtegi Chatterei vo vori, e sehr bedrückti, ärnschthafti Note.

So sy no tagelang Sätzli dür d Leitige zwüsche Schwarzeburg u Wimmis hin u här ggange u gly einisch hei di Zwöi gmerkt, dass si sech eigetlech meh wetti säge, als das, wo me amene unpersönleche Bildschirm cha abläse.

«Woschs nid glych einisch probiere?», fragt ds Fränzi, wo gseht, dass der Chummer d Silvia fasch erdrückt.

«Los, du weisch ja scho so vil vo ihm, dass du vilecht einisch es Träffe mit ihm söttisch waage.»

«Chasch der vorstelle! Ig u mi mit öpperem träffe. U de ersch no uf so nes Chat-Gspräch. Sicher nid!», seit d Silvia. Aber gar nid überzügend.

«Weisch, we dus richtig aagattigisch, de passiert ja gar nüüt. U we de wosch, chumen i mit. Zäme wärde mer de das Chind scho schoukle.»

D Silvia würkt dür das Aagebot chli erliechteret. Si cha sech aber glychwohl no nid ganz entscheide. Wils jetze aber um die Zyt um isch, wo sech "listen" u "multiple" regelmässig träffe, schaltet si der Computer y u suecht Kontakt.

"schön dass du da bisch listen", erschynt ufem Bildschirm.

"i fröie mi o"

"was mi no wunder niem wie chunnsch uf listen"

D Silvia luegt truurig zu der Franziska übere. O die schüttlet – glych wie der Dani chli früecher – der Chopf.

"o gschicht", schrybt si jetze u schlückt dütlech hörbar.

"hei mer nid gnue gschichte für nes d antworte einisch persönlech z gä", fragt der Kurt u isch glychzytig überrascht, dass di Frag, ohni dass ers eigetlech het wölle, so spontan dür syner Finger isch gloffe.

"mol", git d Silvia zur Antwort, wil o si vo däm Satz total überrascht isch worde.

Lang geit nüüt ufem Bildschirm.

"bisch no da", schrybt der Kurt.

"ja di frag het mi chli überrascht", schrybt d Silvia ehrlech.

"mi o", hätti der Kurt gly gschribe. Aber är git "möchtsch nid" y, wil er sech vorem eigete Muet fürchtet.

"mol gärn aber nume wen i z zwöit cha cho", flüchtet sech d Silvia i d Hilf vom Fränzi.

"natürlech un i chume de o nid elei", schrybt der Kurt u süfzget erliechteret, wil dä Vorschlag vo der Silvia o ihm entgäge chunnt.

"was ligt zwüsche wimmis u schwarzeburg", wird er jetze aagschribe.

«Der Bäre z Rüeggisbärg. Dert isch es gmüetlech u

schön derzue», hilft ihm der Dani. Der Kurt git das y u du mache si no ds Datum u d Zyt zäme ab.

Won er der Computer abstellt, zittere ihm d Händ. Är isch total ufgwüehlt. Eigetlech komisch für ne junge Maa, wo eifach nume es Datum für nes Träffe mit ere Frou abgmacht het.

Aber o di anderi Syte isch total ufglöst.

«Was han i ömel o gmacht», chlagt d Silvia mit Träne i de Ouge.

«Eh, was ömel o? Öppis ganz Normals i dym Alter, du Hüentschi. Es Träffe mit emene andere Maa. Jetze tue nid so gstört», wäffelet ds Fränzi chli grob. Si isch drum süsch nid e Forschi. Ihri rundlechi, chli bleichi Gstalt, understricht no d Schüchi vo ihrem Charakter. Si isch e richtegi Chrankeschwöschter. Hilfsbereit, nätt, lieb u geng da, we me se brucht.

«Weisch, wien i di nächschte Tag bibere?», fragt d Silvia.

«Natürlech weis i das. Un i verstah di o. Aber los, är cha ja nid meh, als kes Interesse a dir zeige. Das isch alls. Also geits nid um Chopf u Chrage. Probier ruehig u fröidig a das Träffe häre z gah.»

Die Zwo hei du no diskutiert, was si wölle aalege, was si de wärde säge u du hei si sech no gfragt, was er äch für ne Begleitig wärdi mitbringe.

Amene herrlech warme Früehligstag, starte di beide Manne zu ihrer Fahrt vo Schwarzeburg uf Rüeggisbärg. Der Dani hocket am Stüürrad u seit troche zum Kurt: «Ömel so heiss isch es jetz no nid, dass du därewäg müesstisch schwitze.»

Der Kurt antwortet nid. Är putzt sech nume mit em Handrügge der Schweis ab u stieret stuur vor sech häre.

Der Dani weis, dass es gschyder isch, wen är o schwygt.

Aber o di beide Wimmiser Froue hei nid grad vil zäme z brichte. Hie hocket ds Fränzi hinderem Stüür. Si gondle i Richtig Wattewil.

«Weisch du, wo der Bäre z Rüeggisbärg isch?», fragt ds Fränzi.

«Nume ke Angscht. Dä wärde mer scho finde. Bäre isch im Bärnbiet i der Regel d Dorfbeiz. U die steit meischtens mitts im Dorf. Normalerwys näbe der Chilche. U die gseht me ja sicher scho vo Wytem», seit d Silvia sälbschtsicher, als dass si sech im Momänt füehlt.

«Warum chunnt dä äch grad usgrächnet uf Rüeggisbärg?», fragt d Franziska o no. Antwort überchunnt si keni.

Si hocke i der Beiz, di Zwe. Der Dani gfätterlet a sym Rivellaglas ume u der Kurt schlürflet sys Cola. Si sy chli z früech. Absichtlech. Der Kurt het das so wölle. Är het em Dani, churz nachdäm dass feschtgstanden isch, dass si sech wärde träffe, erklärt, dass er de dinne uf das Meitschi wölli warte. U dass er de ganz u gar nid wölli, dass er nach dene Zwone i d Beiz yne chöm.

«Was gloubsch, wie gseht si us?», fragt der Kurt, für di eigeti Närvosität chli z underdrücke.

«Weli?», git der Dani chli schelmisch zrugg, wil er

weis, dass er mit dere Frag der Kurt fasch a der Tili obe het. Är macht das gärn, d Lüt chli föpple. Mit syre spitze Zunge het er o scho mängs fyschtere Gmüet zum Lache bbracht – aber de o scho mängisch i nes Wäschpinäscht gstoche.

«Bisch e Lööl!», meckeret der Kurt. «D Listen dänk. Das isch doch klar.»

«Für di scho. Aber für mi nid. Wär weis, vilecht erschyne üs ja zwo Troumfroue. Eini für di, u eini für mi», spöttlet er wyter.

«Oder si chunnt mit ihrem Maa», stöhnet der Kurt, wos vor Ufregig fasch nümme ushaltet. Abwächsligswys luegt er uf d Uhr u de wider zu der Tür.

«We de meinsch, Froue syge pünktlech, de hesch di tüscht. Es Aastands-Viertelstündli muesch ne de scho ...», wyter isch der Dani nümme cho.

Zu der Ygangstür y chöme zwo Froue. Di beide Manne glotze se aa, wie we si vom Mars chiemte. Aber o di beide Froue blybe stah u luege di zwee Manne aa. Niemer seit öppis u we nid d Serviertochter hinder der Theke wäri am Fläsche sortiere gsy, hätti me wahrschynlech sogar es Nädeli ghört z Bode gheie.

Der Dani isch der Erscht, wo sech cha fasse: «Isch öpper vo öich Zwone mit em sagehaft ufschlussryche Name "listen" gsägnet?», probiert er luschtig z sy u merkt grad sofort, dass di blondi Frou d Farb wächslet.

«Ja, mir sy das», rettet jetze di Anderi di pinlechi Situation.

«D "listen" heisst Silvia un i bi d Franziska», seit si u geit ufe Dani zue, für ihm d Hand z gä.

«Tschou Franziska. I bi der Dani u das da isch der "multiple", oder äbe mit einigermasse aaständigem Name der Kurt», stellt jetze der Dani sich u sy Fründ vor. D Stimmig isch aber no gar nid öppe lockerer. Nei, d Silvia u der Kurt luege sech wie versteineret aa u säge geng no nüüt.

«Weit er zu Salzsüle erstarre?» Es isch wider der Dani, wo probiert: «Loos Küre! Cher dy Scharm füre u gib der Silvia wenigschtens d Hand. Me chönnti ja meine, du sygsch e pubertierende Teenager.»

D Silvia geit drei Schritt ufe Kurt zue, reckt zuenem ache u git ihm d Hand. Säge tuet si nüüt.

«Tschou Silvia», cha sech jetze o der Kurt zumene Gruess ufraffe.

«Hei Küre! Isch das alls, wo de füre bringsch? Hets der d Sprach verschlage? Zueggä, Silvia, du bisch e usgsproche schöni Frou. Aber los Küre, wäge däm muesch ömel ds Alphabet nid nöi zämebrösmele. U dir Silvia? Sy dir d Stimmbänder der Hals zdürab?», läschteret der Dani.

«D Silvia het Problem mit em Rede. Drum tuet si mängisch so schüch», erklärt d Franziska.

Der Dani möchti am Liebschte i Bode ache verschwinde, so tuets ihm Leid, dass er – einisch meh! – so grediuse glaferet u so rücksichtslos über d Silvia gredt het.

«Aber warum bisch de du im Rollstuehl?», fragt jetze ds Fränzi der Kurt, wil si hoffet, dass sech vilecht daderdür di enormi Spannig chli löst.

«So. Alls der Reihe na. Hocket doch afe einisch ab. Was weit dir trinke?» Der Dani tönt scho wider chli lockerer.

Der Kurt het sech nid bewegt. Är isch ja bereits am Tisch ghocket. D Silvia het ihm gägenüber Platz gno. Geng no hei di Zwöi sech aagluegt, wie we si mitenand über dä Blick verbunde wäre.

Wil beidi no geng nüüt gredt hei, het der Dani wölle aafa erkläre: «Der Kurt het äbe e schwäri ...» aber wyter isch er nid cho.

Der Kurt het ihm ds Wort abgschnitte: «Das erklären ig ne sälber, Dani. Also. I ha syt lengerer Zyt MS u drum bin i a Rollstuel bunde», verzellt er mit chli chischteriger, trochner Stimm u nimmt e Schluck vo sym Rivella.

«Söll i vo dir verzelle, Silveli, oder wosch sälber?», stüpft ds Fränzi, wo merkt, dass jetze der richtig Zytpunkt wäri, für d Schwelleangscht, wo d Silvia het, z überwinde. U würklech, d Silvia seit:

«I bi Ghörlos u cha drum nid rede wie dir, wo ghöret», erklärt si u luegt vor sech a Bode.

Niemer het öppis gseit. Nid wil me d Erklärig vo der Silvia nid verstande hätti. Nei, das wo d Silvia gseit het, het me rächt guet ghört. D Situation aber het bedrückt. Het betroffe gmacht. Da hocke vier jungi Lüt, wo sech z erschte Mal gseh, zäme am glyche Tisch. U da träffe zwöi Schicksal zäme, wos herter nid hätti chönne preiche.

U di zwee gsunde Mönsche?

Die hei sech churz aagluegt, u du het der Dani aafa rede. Irgendwie het er ds Gfüehl gha, är müessi di letschte paar Minute afe einisch zämefasse: «Loset einisch. Mir Vieri sy ja da, wil mer eigetlech gmeint hei ...», är het müesse di wytere Wort büschele, u drum hets e Pouse ggä «... wil mer hei abgmacht, enand ...», aber o das schynt nid di richtegi Wortwahl z sy. Är het no einisch wölle probiere, het hörbar gschlückt u du ganz energisch der Chopf gschüttlet, wil er gmerkt het, dass da mit guet überleite Wort nüüt z mache isch. Ihm isch i Sekundebruchteile all di Usbildig, won er gnosse het, i Sinn cho. Stundelang Rhetorik büffle. Dürenäh, wie me sött, wes de würdi u we de das würdi, dass me de tät. U jetze? Nüüt! Är findet nüüt vo all däm Glehrte, wo ihm chönnti dienlech sy.

«Höre mer uf kompliziert tue. D Silvia u der Kurt, du Dani un ig, sy afe einisch Mönsche. Hocke hie u de – we de das Frölein o üs äntleche einisch würdi bediene – schlürfle mer afe einisch üses Gsüff. Isch das so schwirig? Herrgott! Mir sy ja sicher nid di erschte Mönsche, wo sech träffe. Also Sile, also Kurt u du Daniel sowiso: Benäh mer nes doch wie normali Mönsche u tüe nid so, wie we mer Usserirdeschi wäre.» D Franziska isch über sich sälber erchlüpft. Si isch ja öpper, wo normalerwys wenig seit. U grad si, wo ehnder chli schüch u zrugghaltend isch, het di aagspannti Stimmig glockeret.

«He, Franz, so kennen ig di ja gar nid!», seit jetze o d Silvia ganz spontan u erstuunt. U grad sofort luegt si wider uf ihres Glas ache, wil si weis, dass ihre Bytrag halt nid so tönt, wie me das bi «normale» Mönsche gwanet isch.

«I ha di guet verstande.» Der Kurt leit sy Zeigfinger under ds Chini vo der Silvia u lüpft dermit ihre Chopf. Si luege sech aa. U du gseht er, dass di wunderschöne Ouge vo der Silvia voll Träne sy.

«Muesch dyner wunderbare, himmelblaue Stärne

nid ersüffe», brümelet der Kurt. Eigetlech meh zu sich sälber.

«Kurt, du muesch dütlech rede. D Silvia list dir dyner Wort vom Muul ab. Das isch für si kes Problem. Du muesch eifach ganz normal rede. Aber nid brümele.»

«Muesch dyner wunderbare, himmelblaue Stärne nid ersüffe», widerholt der Kurt ganz dütlech un er merkt am liechte Lächle vo der Silvia, dass si ne verstande het.

«So, du Süessholzraschpler. Hör uf mit däm Gsülz. Schliesslech kennet dir nech no nid emal e halb Stund. Küre, ganz langsam. Eis nachem Andere.» Der Dani het mittlerwyle o wider Wort gfunde: «I mache e Vorschlag: Mir trinke us u göh no chli ga spaziere. Der Früehlig lats gar nid zue, i sonere stiere Beiz inne z hocke. Chömet, mir mache Rüeggisbärg unsicher. Yverstande?»

Äs het es speziells Bild ggä, wo di vier junge Lüt dür ds Dorf, gäge ds alte Chloschter ache, bummlet sy. Vorab der Kurt i sym Rollstuehl, gstosse vo der Silvia. U hinde dranne d Franziska mit em Dani. Die vorab hei nüüt gredt – wie hätte si o chönne. D Silvia het ja nume der Hinderchopf vom Kurt gseh. Aber ganz sicher mindeschtens sovil gspürt, wie di andere Zwöi, wo hinder ihne sy gloffe, hei si. Me mues halt nid geng rede, für enand z verstah. Der Kurt u d Silvia hei ufere ganz andere Äbeni kommuniziert. Ufere Äbeni, wo me nid cha erkläre. Das isch en Äbeni, wo me äbe nume cha gspüre.

Si kenne enand syt Chindsbeine, di zwee Manne. Währenddäm der Kurt im Dorf Schwarzeburg ufgwachsen isch, isch der Dani z Rüschegg uf d Wält cho. Gnauer gno im Rüschegg-Grabe. Das sygi dert, wos nid emal meh Hase u Füchs heigi, wo enand chönnte guet Nacht säge, seit der Kurt öppe, wen er der Dani wott ufzieh.

Der Vatter vom Dani isch dert hinde Lehrer gsy, bis er du e Stell z Schwarzeburg gfunde het. D Eltere vo dene Beide sy dür dä Stellewächsel Nachbure worde. D Garasch, wo em Kurt syner Eltere betrybe hei, isch nämlech grad näbem Schuelhuus, u dadermit äbe o grad näbem Lehrerhuus gstande. So isch es cho, dass di zwee Giele, solang si enand kenne, mitenand sy underwägs gsy. Zersch im Sandchaschte, de ufem Schueli u später – da druf hei si lang planget – o zäme i der Pfadi.

Schwarzeburg het denn e rächt e grossi Pfadfinderabteilig gha u si hei mängs Schöns mitenand erläbt. Öppe einisch rede die Zwee no vom Summerlager z Rossinière, vo dert, wo der Dani Chopf vora i d Sarine yne gheit isch, wil er de Meitli het wölle imponiere. Oder vo später, wo beid scho hei dörfe Gruppene leite u dadermit erschti Füehrigserfahrige hei dörfe mache. Nid geng eifachi. Es het – wie i vilne andere Vereine – o bi der Pfadi Eltere ggä, wo ihri Chind bracht hei, für deheime einisch chli Rueh z ha. U di «Sougofe» – e Usdruck, wo der Dani mängisch brucht het – hei du i der Gruppe inne Problem gmacht. Nid sälte hei di beide Venner – so seit me de Gruppeleiter i der Pfadi – müesse Strafe usteile. So o einisch, wo di junge Pfader, während emene Summerlager z Kanderstäg, i de Zält inne nid hei wölle Rueh gä. Der Kurt u der Dani hei du entschide, e Nachtmarsch z mache. Si sy mit ihrne Chind, churz nach Mitternacht, gäge Kandergrund u zrugg gmarschiert. Gäge Morge sy si wider im Lager aacho – u du hets du i de Zält inne sofort gstillet ...

Ds gröschte Erläbnis hei si aber während em Summerlager z Dänemark gha. Was dert isch abgloffe, wärde si wahrschynlech nie vergässe. Wölfli u Pfader, Bienli u Pfadesse – also Meitschi u Giele i allne Altersgruppe – sy dert im Lager gsy. Zäme mit es paar Eltere, wo ds Ganze hei wölle im Griff bhalte. Der Lagerplatz isch aber ideal gsy, für sech chönne z verdrücke u z verstecke. U wil di Zwee du halt o langsam i das Alter sy cho, für mit de Pfadessene di erschte Beziehige aazbändle, hei si die Zyt natürlech i beschter Erinnerig.

Obwohl si nach der Schuelzyt du eigeti Wäge sy ggange, het die Zyt bi der Pfadi der gägesytig Zämehang no gstercht.

Der Kurt het – als einzige Nachkomme vo syne Eltere – natürlech Outomechaniker glehrt. Gärn glehrt. U sy Zuekunft isch klar vorzeichnet gsy. Är het nach der Lehr d RS gmacht u hätti du wölle ga «herters Brot ässe», wie sy Vatter geng gmeint het. Är het scho e Stell z Yverdon gha, wo ihm du sy Chrankheit het aafa i d Zuekunft pfusche.

Der Dani isch nach der Schuel uf Köniz i Gymer. Das het ihm zwar rächt gstunke, wil ne sy Bewegigsu Freiheitsdrang ehnder usetribe het. Är het sech drum o nid chönne vorstelle, der glych Bruef wie sy Vatter uszüebe. Är het sech wölle under d Lüt mische. Un er het während der Gymer Zyt o rächt aktiv bi de «JSB», bi de Junge Schwarzeburger, ere politische Jungpartei, mitgmacht. Dert het er du d Fröid a sym jetzige Bruef entdeckt: Schrybe. Als Redakter vo der «JSB-Zytig» het er mit Wort chönne usdrücke, was ihn plaget. Un är isch öppe einisch emene Schwarzeburger so fescht uf d Füess tschalpet, dass ihn sy, i der Regel sehr grosszügig, Vatter gmahnet het, är sölls nid übertrybe. Won er du sy Usbildig als Journalischt het abgschlosse gha, isch er nach churzem Ysatz bi der Bärner-Zytig z Bärn, vo dere als Lokalredakter uf Schwarzeburg zrugg gschickt worde. Das het ihn unerchannt gfröit. Im Gägesatz zu mängem Yheimische. Dene isch em Dani sy spitzigkritischi Fädere, us der Zyt vo de Junge Schwarzeburger, no wohlbekannt gsy.

Bi de zwo Froue isch ds Erwachse wärde o ganz underschidlech abgloffe. Nid nume vo de Örtlechkeite här. Nei, zwüsche de Familie vo der Silvia u der Franziska, gits wenig Gmeinsamkeite.

D Silvia isch e ächti Ämmitalere. Z Langnou, a der Ilfis, isch si ufgwachse u het dert o ihri Schuelzyt hinder sech bracht. Primarschuel, Sekundarschuel u de di Koufmänneschi Lehr, wäre ihrer unspektakuläre Statione gsy. Wäre. Wil si syt em zähte Läbesjahr – me vermuetet dür ne Infektion, sicher cha mes aber nid säge – ghörlos isch. Was e settegi Behinderig i däm Alter bedütet, chame weder verzelle no beschrybe. We sech es Chind ganz normal entwicklet u de no fründlech, ufgstellt, u lieb isch, de chas niemer verstah, warum dass ds Schicksal so hert zueschlat. Aber so hert ds Schicksal o ma sy, es lat o geng wider irgendwo e Grächtigkeit offe.

D Silvia het liebi Eltere gha. Eifachi Handwärkerlüt, wo inere gwöhnleche Mietwohnig gläbt hei. Si hei der Silvia das ggä, wo si hei gha: Liebi, Vertroue, Zueneigig, Zärtlechkeit u ganz, ganz vil Verständnis für ihri Behinderig.

Am Aafang isch es sehr schwär gsy. Für alli. D Silvia het nid wölle akzeptiere, dass si jetze nieme söll chönne ghöre. Si het geng u geng wider d Hoffnig gha, dass di Behinderig nume vorübergehend isch. U ersch i der Lehr het si sech mit ihrem Schicksal aafa abfinde. Daderzue hei o d Grosseltere vil bytreit. D Silvia isch scho als chlyne Chnopf ihrem Grossätti ufem Schoss ume grutscht oder isch em Grossmuetti am Schurzzipfel ghanget. U we de der Grossätti sys Langnouerli het füre gno, het si zueglost, wie we da en Ängel würdi spile.

Später sy si du mitenand ga Musig lose. Es komisches Unterfange. D Silvia het ja nid ghört, was gspilt isch worde. Wil si aber vo früech aa vo Musig isch umgä gsy, het si sech das chönne vorstelle. Si het o d Schwingige, wo d Instrumänt erzügt hei, glehrt gspüre. U mit der Zyt het si, we si uf d Örgelichnöpf gluegt, u daderzue ds Bassgygespiel beobachtet het, uf die Art sogar chönne säge, weles Stück si jetze spile – oder ömel de ganz sicher i welem Takt.

Ds Deheime vo der Franziska isch de da scho ganz anders gsy. Si het sälte es liebs Wort übercho. Für e Vatter het nume ihre elter Brüetsch, der Fredeli, der Fredi, der Fred u jetze der Fredel, je nach Läbesalter, zellt. Alls Andere, also d Muetter u o si, sy em Vatter eigetlech glych gsy.

«I bringe d Stütz hei. Der Räschte isch Wyberzüg!», het er albe i d Chuchi brüelet, we d Muetter hätti Hilf nötig gha.

D Muetter wäri eigetlech e liebi Frou gsy. Aber ihrer zwöi Chind, ohni d Hilf vom Maa, hei se total überforderet. Dür di Situation isch si amene andere Ort ga Hilf sueche – u het se du o gfunde. Vor Jahre scho isch e Gloubensgmeinschaft ihri zwöiti Heimat worde. Dert het si Chraft chönne schöpfe. Deheime het si näbem Hushalt nümme vil Anders gmacht, weder i der Bibel z läse. So het ds Fränzi rächt früech glehrt, sech mit sich sälber z beschäftige.

Dür di spezielle Verhältnis het d Familie o wenig Kontakt zu de Verwandte gha. Nume a Hochzyt u a Beärdigunge het me sech öppe gseh. U dert isch de der Vatter – meischtens nach es paar Gleser Wy z vil – mit de Verwandte öppe grad glych umgange, wie mit der eigete Familie.

D Franziska isch gottefroh gsy, wo si du nach der Schuel für nes Jahr i ds Wältsche het chönne. Dert isch si lieb u fröhlich ufgno worde, u das Jahr blybt ihre i beschter Erinnerig. Di Lüt dert heis ihre du o ermüglechet u organisiert, dass si während ihrer Usbildig zur Chrankeschwöschter, im Lindehof z Bärn, o grad dert het chönne wohne. Si het – nid z letscht dür das – e herrlechi Lehrzyt dörfe verbringe!

«Was hesch du gnau, Kurt? Han i richtig verstande? Multiple Sklerose?», fragt ds Fränzi u fahrt grad wyter mit: «Grouehaft!»

«Es isch nume halb so schlimm!», gspässlet der Kurt. «Dür das fahren ig zum Bispiel jetze, statt e VW, e Roll(sröiss)stuehl. Isch doch nid schlächt, oder?»

Mittlerwyle sy si usserhalb vom Dorf, bi de Ruine vom altehrwürdige Chloschter Rüeggisbärg, aacho u sy dert gmüetlech zäme umene Tisch ghöcklet.

«Chasch du de gar nid loufe?», fragt d Silvia, wo sech jetze o wider am Gspräch het chönne beteilige.

«Mol, är chönnti scho, wen er wetti. Är isch aber z fule!», meckeret der Dani, bevor der Kurt cha antworte.

«Du bisch bös!», wätteret d Franziska. «I kenne di schlimmi Chrankeit. Da gits nüüt z Gspasse drüber.»

«Halt, halt!», rüeft der Kurt derzwüsche. «Der Dani het scho Rächt. I cha mit de Chrücke es paar Schritt loufe. Früecher no vil wyter, als jetze. Ds Problem isch aber, dass i nie weis, wenn dass sech myner Bei sälbständig mache u nümme das tüe, wo si sölle. Uf der andere Syte sötti halt scho geng u geng wider probiere. Da het der Dani äbe scho Rächt. Aber mir ischs wöhler im Rollsröiss.»

«Wohär chunnt de eigetlech di Chrankheit, MS?», wott jetze d Silvia wüsse u luegt daderby d Franziska aa.

«Wiso fragsch de d Franziska? Kennsch du di öppe us dermit?», zeigt sech der Dani interessiert.

«Ja, i ha scho chli Erfahrig dermit. I bi Chrankeschwöschter u ha lengeri Zyt ufere Abteilig mit settige Chrankheite gwärchet. Aber o im Ussland bin i dermit konfrontiert worde», erklärt si sech.

«Ou, e chranki Schwees! U de du Silvia, was büglisch de du?», füehrt der Dani sanft ufenes anders Thema, wil er weis, dass es em Küre stinkt, geng sy Behinderig müesse z erkläre.

«I ha ds KV glehrt, ha mi mit Sprache beschäftiget u wärche jetze z Wimmis im AC Labor, als Übersetzere», chunnt d Antwort. U d Silvia isch nid erstuunt, dass d Ghirnzälle vo dene zwee Herre im Rote drääie. Ghörlos un es Sprachtalänt! Das geit doch nid uf.

«I cha d Sprache nid rede. Aber schrybe. Dür das, dass ig mi nid mit em Rede mues beschäftige, han i äbe vil meh Zyt als dir, mi mit em Schrybe ume z schlaa», seit si, u ihres härzige Lächle lat em Kurt syner Schmätterlinge im Buch aafa tanze.

«Läck, das isch de fantastisch! Ja, wievil Sprache hesch de scho glehrt?», wott er wüsse.

«D Silvia kennt natürlech Dütsch, cha Änglisch, Französisch, Spanisch, Portugiesisch, Italiänisch u Serbo Kroatisch. U jetze isch si am Russisch büffle», hilft ds Fränzi der chli verlägene Fründin.

Die beide Manne hei d Silvia aagluegt, wie we si vomene andere Stärn chiem.

«Tüet doch nid so erstuunt. Es git anderi Lüt, wo no vil meh Sprache chöi, als ig. U de rede o no grad. Das isch ömel nüüt Speziells.»

«Natürlech isch das speziell. Ömel für mi scho. I cha höchschtens i drei Sprache Bier bstelle. Wyter han igs nid bracht.» Der Kurt macht derzue Faxe, wie wen er würdi Bier trinke.

«Was machet de dir Zwe?», fahrt d Franziska mit dere Fragerundi wyter.

«Der Kurt het Outomech glehrt. U wil das mit syr Behinderig nümme ggange isch, het er no e Elektro-

nikerstifti aaghänkt. U jetze büglet er z Schwarze-
burg bi der KABA. Cha diräkt vom Näscht i d Bude,
dä Glückspilz», verzellt der Dani.

«Du hesch ömel o nid vil wyter für i dys Büro. Der
Dani hets nämlech eigetlech no schöner, als ig. Är
het e schöneri Wohnig als ig, es schöners Büro als ig
u het de ersch no ke Chef, wo ihm seit, was er mues
mache», verzellt der Kurt.

«Derfür Läser, wo geng meckere, wil i über ihres
Chäferfescht zwo Zyle weniger schrybe, als über ne
andere Aalass», wätteret der Dani.

«Die hei ömel Rächt. We d Muttestüpfer vo Ryffe-
matt gäge d Muushuufetschalper vo Guggisbärg, bei-
di i der vierezwänzgischte Liga, gägenand schutte, de
chunnt e halbsytegi Reportage i der Zytig. We aber
der Gsangsverein vo Riggisbärg es Konzärt git, mues
me Schwein ha, we überhoupt öppis i däm Chäsblatt
steit», git der Kurt zrugg.

«We si so faltsch singe!», rüeft jetze der Dani u het
sech d Ohre zue. Di ganzi Rundi lachet.

Nach emene Zytli seit ds Fränzi: «Silvia, i gloube,
es isch langsam Zyt für hei. Meinsch nid o?»

Me mues ke Hellseher sy, für z gseh, dass das der
Silvia gar nid passt. Aber eigetlech het ihri Fründin
scho Rächt. U drum steit si o uf u hilft em Kurt i sy
Rolls.

Gmeinsam loufe si zrugg i ds Dorf. Der Dani wott
vo der Franziska no wüsse, wo si jetze wärchi. U wo
si ihm du seit, dass si geng no «e chranki Schwösch-
ter» syg, das zwar nümme z Bärn, sondern z Thun,
tuets ihm fasch chli leid, dass er ihre vori so isch ver-
by cho. D Silvia mag e wunderschöni Frou sy. Aber

ds Fränzi mag er besser. Är weis nid warum. Vilecht, wil si ihm lieb u hilfsbereit schynt.

Natürlech hei vo däm Träffe aa nid nume d Silvia u der Kurt der Kontakt ufrächt erhalte. Nei, der Dani u d Franziska sy grad so yfrig gsy, bim sech wölle lehre kenne. We di erschte Zwöi di Informatione vor allem über E-Mails ustuschet hei, sy di Andere gueti Chunde vo de Telefongsellschafte worde. Der Dani het drum gmeint, är schrybi scho der ganz Tag gnue u drum wöll er nid o no sy Freizyt vorem Compi verbringe.

Di ganzi nächschti Wuche hei si Informatione ustuschet. U glych het der Dani du uf di schriftlechi Art verno, wie sech d Silvia u d Franziska hei glehrt kenne. Ufem Mail vom Fränzi isch gstande:

Während dere Zyt won i im Spital gwärchet ha, han i e Maa glehrt kenne. E Liebe. Han i gmeint. Nach guet emene Jahr han i aber du aafa merke, dass er mi aalügt u usnützt. U so han i du mit ihm Schluss gmacht. Är isch my erschti grossi Liebi gsy u drum han i lang a dere Trennig gchätschet. Wil er am glyche Ort gwärchet het wien ig, hei mir üs öppe einisch gseh un i ha gmerkt, dass das d Wunde geng wider ufrysst. Wo du am Aaschlagbrätt e Stelleusschrybig ghanget isch, han i e Standortwächsel afe einisch i ds Oug gfasset. Eh ja, mir hättis im Lindehof z Bärn eigetlech guet gfalle, aber äbe, my ehemalig Fründ ...

Churz drufache gsehn i es Inserat, wo si Chrankeschwöschtere für nach Bosnie gsuecht hei. Natürlech hets mi greizt. I ha zwar nid dänkt, dass grad usgrächnet ig di Stell überchume. So vil Glück han i nid dörfe erwarte. Aber i ha mi gmäldet, bi mi ga vorstelle u churz drufache han ig der Aaschtelligsvertrag übercho. Weisch wien ig bbiberet ha? Ig u i ds Usland! U de no als Chrankeschwöschter bi de Gälbmütze z Bosnie! Aber i ha mi du no gly zrächt gfunde dert unde. U das Jahr het mer unwahrschynlech vil bracht. I ha glehrt sälbständig wärde. Wil i deheime nie vil ggulte ha, isch dür di rächt verantwortigsvolli Arbeit mys Sälbschtwärtgfüehl gstige. I ha mi glehrt achte u akzeptiere. U äbe ja, dert unde han ig du o d Silvia glehrt kenne. Si het als Übersetzere gwärchet. Mir hei nes beidi vo Aafang a verstande. U dert unde isch du o üsi töifi Fründschaft entstande, wo daderzue gfüehrt het, dass mir Zwo, nach em Zruggcho i d Schwyz, zwo Wohnige gsuecht u se z Wimmis gfunde hei. Syt denn sy mir zäme u undernäh gmeinsam ganz huuffe Sache.

Der Dani isch büchligse ufem Bett gläge, won er di Zyle gläse het. D Franziska het ihm di Gschicht hinech gmailet, wil si ihm nid het chönne telefoniere. Am Mittwuche sy drum die Zwo geng ga schwümme u sy aaschliessend di verlorene Kalorie wider ga ergänze.

«Eh, we d Silvia jetze o am Schwümme isch, isch ja der Küre o elei», chunnt em Dani i Sinn. U scho macht er sech ufe Wäg für überache.

Der Kurt u der Dani wohne amene schön glägne Ort z Schwarzeburg. Grad näbe der KABA-Fabrigg. Dert het der Vatter vom Kurt chönne Bouland choufe u het, zäme mit zwee Kollege, e Überbouig realisiert. I dere Überbouig hei der Kurt u der Dani zwo Wohnige überno. Unde wohnt der Kurt, obe drüber der Dani. U we me jetze meint, di beide tschalpi enand jede Tag uf de Füess desume, tüscht me sech. Si hei wohl vil Kontakt zäme u undernäh o mängs mitenand. Aber der Kurt – so bequem er mängisch het chönne sy – het vo Aafang aa ganz klar gseit, was er wott: «Los Dani. I cha nid guet loufe. Das isch alls. U das chöi o ganz vil anderi Lüt nid. Also wott i sälbständig blybe u nid uf Allmose aagwise sy. We du wosch, de chasch jederzyt zue mer cho. We de aber meinsch, du müessisch mer cho hälfe, de blyb dobe. Wen i Hilf bruche, de rüefen ig dir. Klar?!»

Em Dani isch das rächt gsy. Un er het sech dra ghalte.

«Hesch öppis vom Fränzi ghört?», isch d Begrüessig vom Kurt.

«Hee, drääisch scho därewäg im Rosarote, dass mir nid emal meh tschou seisch?», chunnt d Antwort.

«Tschou! Hesch öppis ghört?», meint der Ungeduldig.

«Ja, i ha nes Mail übercho vo der Silvia. Si schrybt, si heigi mi ganz fescht gärn», föpplet der Dani u der Kurt stygt voll druf y.

«Spinnsch! Si het mii gärn, nid dii!», rüeft dä spontan.

«Aha, de syt dir scho wyter, als mir. Merci für di ehrlechi Antwort», bedankt sech der Dani un er isch mächtig stolz druf, dass er der Kurt het chönne ynelege.

Dä luegt vor sech ache u seit lang nüüt. Me gseht ihm aa, dass er grüblet.

«Aber grad verliebt gsehsch de nid us!» Das Urteil weckt der Kurt.

«Momol. Mir hei enand gärn. Obwohl mir üs ersch einisch gseh hei. Aber derfür hei mer nes scho Sytewys Mails gschribe. Syt ig d Silvia gseh ha, chan i a nüüt meh anders dänke. Äs isch verruckt! I hätti nie dänkt, dass ig mi i so churzer Zyt ... Aber äbe ...», u scho gheit er wider i d Grübliphase.

«Was äbe? Jetze Gottfridstutz, tue di doch nid scho wider beduure. Du bisch im Rolls, ja. Aber was sölls? Das het doch mit em enand gärn ha nüüt z tüe. Du liebsch d Silvia ömel o, obwohl si nüüt ghört. Also Gring ueche u dobe bhalte. Schliesslech hesch du es riise Schwein, dass di überhoupt eini wott. So ne unmügleche Cheib wie du bisch», lachet der Dani u o der Kurt merkt, wie «ärnscht» es em Dani isch.

Si sy du zäme a Tisch ghocket u hei es Bier gnähmiget. Daderzue hei si enand verzellt, was si vo dene zwo Froue wüsse. Der Kurt het vo der Silvia ghört, dass si e sehr ängi Beziehig zu ihrne Grosseltere heigi u se o pflegi. Öppe all zwo Wuche sygi si bi ihne yglade u si fröij sech albe scho es paar Tag vorhär uf das Bsüechli.

«U lehre kenne hei sech die Zwo ...» «... z Bosnie, wo ds Fränzi als Chrankeschwöschter gwärchet het, i weis», isch ihm der Dani i ds Wort gheit.

«De hesch du also o Kontakt mit Wimmis? Aha, hets di öppe o ...», u der Kurt luegt mit grosse Ouge der Dani aa.

«Ah ba! I ma se, das isch alls. Stell dir vor: ig u ne Fründin! I wo so vil underwägs bi mit em Bruef, mit em Volley u mit der Kamera», erklärt er sich.

«Wär weis, wär weis ...», lächlet der Kurt. «O di hertischte Nüss hei e weiche Chärn. D Franziska wäri ömel öppis für di. Si isch nume vil zlieb für ne settige Mürggel, wie du eine bisch. Müesstisch de scho no chli Scharm füre chere u nid so Rüschegg-Gräblerig-Hertholz-Chlotzig tue.»

Das Mal het der Kurt zrugg ggä. U so isch es meischtens gsy, we si sy zämeghocket. Si hei ganz ärnschthafti Gspräch chönne füehre un uf ds Mal het der Eint em Andere eine a ds Schimbei gingget, dass mes fasch het ghöre chrache. Si sy aber nie verruckt gsy ufenand. Di gägesytegi Aazünderei het bi ihne derzue ghört u het ihri Beziehig läbig gmacht.

«So, jetze wott i no chli a Compi», seit der Dani u steit uf.

«Hüt gits kes Mail u kes Telefon meh. Üser Dame si ...»

«... am Schwümme ...»

«... u am Cupe hindere schletze. I weis», beändet der Kurt der gmeinsam Höck.

Si sy scho nümme im Wasser gsy, sondern underem Föhn gstande. D Silvia het ihri blonde, länge Haar gschüttlet u d Franziska het sech mit ihrne dunkle Chrusle beschäftiget. Vorem Spiegel, wo d Silvia ihrer blaue u d Franziska ihrer bruune Ouge mit Schminki hei probiert z verschönere, hei si du aafa rede. Bi ihne isch d Situation ähnlech gsy, wie bi de beide Manne. Si hei nid i der glyche Wohnig gläbt. D Wohnige sy aber grad näbenenand gläge. U o si hei enand nid überloffe mit Bsuech. Si sy aber geng fürenand da gsy. U äbe: Der Mittwuche isch ihre «heilig

Aabe» worde. Düre Winter dür sy si zäme i ds Halle-
bad. Im Summer a See. U aaschliessend hei si der
Wyberaabe, wie si däm gseit hei, gnosse. Ä richtig
schöni grossi Coupe hei si vertromet. U hei gar nüüt
uf d Figur gluegt.

«Hesch no öppis ghört vo Schwarzeburg?», fragt ds
Fränzi vorsichtig.

«Natürlech! Ganz vil ...», seit d Silvia tröimerisch.

«So red doch!», bättlet di Anderi.

«U we das Gschribne nume für mi dänkt isch?»

«Egoischt!»

«Nenei. I ha di nume chli wölle höch näh.» U du
verzellt d Silvia vom Kurt: «Är het mängisch sehr
starchi Schmärze u mängisch fasch gar kener. D Mul-
tiple Sklerose tüei sech i so Schüeb bemerkbar ma-
che. Är sygi früecher mängisch fasch verzwyflet, wil
er gar nid heigi wölle ygseh, dass er jetze sys Läbe
lang mit dere Chrankheit müessi läbe. Dass er sy
gliebt Bruef, Outomech, het müesse ufgä, het er no
chönne verchrafte, isch doch der Zweitbruef als Elek-
troniker für ihn e gueti Alternative gsy. Dass er aber
nümme darf Outo fahre, das heglet ihn no hüt. D El-
tere heige fasch no meh Müei gha, als är. Eh ja, die
hei sech doch scho churz vor der Gschäftsübergab a
ihre Sohn gseh u hei heimlech scho Plän gschmidet,
was si de alls no wölle mache, we si de chönnte chür-
zer trätte. Da drus isch halt du leider nüüt worde u d
Eltere vom Kurt plani schyns der Verchouf vo ihrem
Gschäft.»

«Das isch scho krass», seit ds Fränzi. «Da hesch als
Eltere es Gschäft, e Sohn, wo sogar ds Gschäft würdi
übernäh u plötzlech, us heiterem Himmel, änderet

sech ds Läbe vo däm u dermit ds Läbe vo der ganze Familie. We ds Schicksal zueschlat ...»

Nach ere lengere Pouse fragt d Silvia: «U du? Was hesch du vom Dani verno?»

«Läck! Das isch e rächt aktive Mönsch. Är isch vom Bruef här überall dert, wo öppis passiert. Geit no ga fötele u trybt Sport. Das gsehsch ihm scho aa. Dä muskulös Körper zeigt, dass er nid nume ufem Bürostuehl hocket.» D Franziska fat aafa tröime ...

«Hee, Fränze, i hocke de hie – nid är! My Körper isch zwar o nid leid, aber nüüt für di. Los! Verzell wyter.»

«D Eltere vom Dani müesse rächt liebi Lüt sy. Är het ömel nüüt Schlächts vo ne verzellt. Är het no en elteri Schwöschter, wo im Wältsche ghürate isch. Aber mit dere schynt er nid vil Kontakt z ha. Un er isch verliebt! Nid i mi!» D Franziska macht e Pouse u setzt ganz es ärnschthafttruurigs Gsicht uf: «I ds Schwarzeburgerland!», seit si du lachend. «Är het mer verzellt vom Guggershörnli, vom Schwäfelbärgbad, vom Schwarzsee u natürlech o vom Schwarzwasser. Di Gägend geit er mit em Velo ga aaluege. Oder de o z Fuess. U het natürlech geng der Fotoapparat derby. Kennsch du ds Schwarzeburgerland?», fragt si ihres Gägenüber.

«Eigetlech gar nid! Aber das chönnte mer ja nachehole.»

«Weisch Du, dass die Zwee überenand wohne?»

«Ja, i has verno. Scho no speziell.»

Beide schwyge u stelle sech di Situation vor. U beide dänke grad a ds Glyche.

«Fragsch du oder fragsch du?», lachet d Franziska.

Si kenne sech so guet, dass si nid meh müesse säge. Si wüsse beide, was di Frag söll.

«Mir frage se doch grad beide! Für nächscht Samschtig?», schlat d Silvia vor.

«Oder Sunntig?»

«Oder grad beides ...» Beide müesse lache.

Das Mal hocket d Silvia am Stüür vo ihrem Outo. Si sy uf der Fahrt nach Schwarzeburg. Amene chli aprilhafte Früehligstag. Im Chabisland hets no grägnet. Churz nach Wattewil het aber d Sunne scho chli aafa füre glüssle. U jetze, wo si z Helgisried dürefahre, schynt ds Wätter mit ihrne Seele glych z zieh. Beidi Froue sy ufgstellt. D Silvia, wies ihrer Art entspricht, offe, fröhlech u spontan. D Franziska de ehnder chli reserviert. Ihri Schüüchi chunnt da ganz starch zum Usdruck. We d Silvia scho vo «gärn ha» u «heftegi Gfüehl» über ihri Beziehig zum Kurt redt, ghört me vo der Franziska afe «i finde ne no ganz nätt» oder «mir wei de luege, was drus wird.»

«Weisch du wo düre?», fragt d Franziska, wo si ds Ortsschild vo Schwarzeburg vor sech gseht.

«Lue, da isch d Garasch vo syne Eltere!», rüeft d Silvia, ohni uf d Frag y z gah. «Läck! E rächte Betrieb!», stuunet si wyter.

«Machsch e gueti Partie!», neckt se ds Fränzi.

«Spinn doch nid!», ergelschteret sech d Silvia. «Lue! Da isch ds Schuelhuus, wo die Zwee zäme ds ABC glehrt hei», kommentiert si wyter.

D Franziska seit nüüt, wil si ja no e Frag offe het. Aber d Silvia kurvet zielsicher ache zum Bahnhof, u de fahrt si i Richtig Fribourg. Churz vorem Dorfändi blinket si nach rächts u fahrt de, wie we si nie öppis Anders gmacht hätti, diräkt zure Überbouig mit nöie Reiheeifamiliehüsli.

«Da sy mer», seit si troche u merkt natürlech, dass d Franziska ganz überrascht isch.

«I ha geng gseit, du sygsch mit em Usnütze vo de Müglechkeite vo dym PC no hinder em Mond. Du hesch ja d Adrässe vo dene beide Manne. U hesch ja ds Twix-Tel. Uf däm hets es Icon, wo «Twix-Route» druffe steit. Klicksch das aa, gisch Schwarzeburg y u de bi Adrässe der Alpewäg u ds Huusnummero – u scho weisch, wo de muesch dürefahre. Tschegget?»

«Eh, i bi halt nid so schlau, wie du», seit d Franziska beleidiget. «Un i hocke o nid di ganzi Zyt vor em Bildschirm!»

«Hesch doch Rächt! Äs söll jede das mache, wo ihm gfallt. Mir ligt ds Computerle u dir halt ds Blüemele», probiert d Silvia wider yzlänke. Si weis, dass ihri Fründin chli Minderwärtigkeitsproblem het. U das nid ersch syt hüt. Währenddäm d Silvia mit ihrer Usstrahlig schnäll Mittelpunkt vo der Gsellschaft isch, het d Franziska mit ihrer zruggzogene, schüche Art Müei, ihrer Fründin nache z cho. Wes de aber drum geit, Verlässlechkeit u Langatmigkeit z verglyche, de hinkt d Silvia de bös hindenache.

«Lue, da stöh di Näme. Wo wei mer jetze lüte?», fragt d Franziska unsicher, wo si vor der Huustüre stöh.

«Ja, wo äch? Du obe un ig unde. Irgendöpper wird de wohl cho uftue», meint d Silvia u drückt de grad z glyche Zyt uf beid Chnöpf. Lenger, als das d Franziska gmacht hätti ...

Scho am Voraabe isch der Kurt närvös gsy. Si hei di Froue ufe Samstig Mittag erwartet u der Dani het vorgschlage, i ds Bahnhöfli ga z tafle.

«Chunnt gar nid i Frag! Wen ig d Silvia ds erschte Mal bi mir empfa, de chochen i sälber. Du chasch mynetwäge mit dyr Flamme usswärts ga ässe. I mache es Gricht usem Wok.»

Der Kurt isch scho lang nümme so dezidierte gsy. Der Dani het gstuunet. Sy Fründ isch nämlech eigetlech ehnder der Bequem u wes um ds Hushalte geit, schiebt er öppe einisch sy Chrankheit als Entschuldigung vor u lat sech de ganz gärn la bediene.

«Eh, i ha ja nume gmeint, es ...»

«Bhalt dy Meinig für di. I choche. U dermit isch für mi di Diskussion beändet», het ihm der Kurt ds Wort abgschnitte. Der Dani isch erchlüpft. Är isch sech so klari Wort vom Kurt gar nid gwanet. Wil er ihn aber z guet kennt, zieht er sech zrugg. Si hei du beid der Frytig Aabe elei verbracht u sech ersch ufe Samstig am Nüüni verabredt.

Der Kurt het em Dani ufgschribe gha, was er ihm söll ga ychoufe. Scho syt si hie wohne, isch der Dani für beid ga kömerle. Mängisch isch der Kurt zwar o mit, aber eigetlech isch er bi dene Bsorgige meh Hindernis als Hilf gsy.

«Wosch e Gmischtwarelade uftue, Küre?», fragt der Dani, won er di Lischte gseht. Aber dise schynt no ke besseri Luune z ha, als geschter am Aabe. Drum hets der Dani vorzoge, ke Antwort abzwarte, sondern sech z verzieh.

Won er mit de Ychöif zruggchunnt, fahrt der Kurt mit em Stoubsuger i der Wohnig desume.

«Los, i gah zu mir ueche e Wy ga reiche. Was wei mer? Zersch e Wysse u de ne Rote?», fragt der Dani.

«Trinkt d Franziska Wy?», wott der Kurt wüsse.

«U d Silvia?», fragt der Dani zrugg.

De e Pouse. – Si luege enand aa. – Beid lache! Wil si merke, dass ihri Beziehige no nid so wyt sy, dass si d Trinkgwohnheite vo dene zwo Froue würde kenne. Vorsorglecherwys het du der Dani verschideni Getränk parat gmacht. Natür u Orange. Wysse Johannisbärg u Rote usem Bündnerland.

Aber o der Kurt isch aktiv gsy. Är het i der Chuchi inne alls das vorbereitet, wos für das Gricht brucht. Är het Zibele u Chnoblouch ghäcklet, Peperoni i Streife gschnitte, d Pilze u d Gurke gwäsche u ne Ananasbüchse ufta. Ds Fleisch, es Lammfilet, het er scho vorhär i ne Marinade ygleit. Aber o di spezielle Gütterli mit Soya u scharfem Gwürz sy scho bereit gstande.

«Das sy se!», jublet der Kurt u fahrt i rekordverdächtigem Tempo zu der Ygangstür.

«Hallo zäme!», seit d Silvia u steit da wie ne Ängel. Di blonde Haar hei ds dunkle, äng aaligende Chleid u ihri schlanki Figur no understützt.

Äs isch no e verchrampfti Situation gsy. Vo dene Vierne het sech no kes so chönne verhalte, wies gärn hätti wölle. U glych hei si enand wölle zeige, dass si sech möge.

Der Kurt isch du vorus i d Wohnig u het syner Gescht derdür gfüehrt.

«Läck, hesch dus de gmüetlech ygrichtet», stuunet d Silvia.

«Holz isch halt heimelig!», stellt der Kurt stolz fescht. D Inneyrichtig vo syr Wohnig het er nämlech sälber usegläse. Un är isch geng no fescht dervo überzügt, dass sy Wohnig wermer, hüslecher u gmüetlecher isch, als die vom Dani.

«Holzwürm o. Oder hesch mittlerwyle scho Borkechäfer?», zündet der Dani.

«Ja, du mit dym Ischpalascht. Alls zäme häll uf häll. Wyssi Wänd, wyssi Plättli, wyssi Chuchi. So richtig zum Tschudere», git der Kurt zrugg.

O der Dani het sy Wohnig sälber ygrichtet. U niene besser, als bi dene beide Yrichtige, hei sech di underschidleche Charaktere vo dene beide Manne zeigt. Der gmüetlech, chli hüslech Kurt u der intelektuell, für alls Nöie offnig Daniel.

«Dörfe mer zu dir ueche o cho?», bättlet d Franziska. Obwohl der Dani mit ere Wohnigsbesichtigung nid grächnet het, sy di Drü o i obere Stock ueche.

Underdesse isch der Kurt i der Chuchi ghocket u het sys Zmittag i der Pfanne la brutzle. Är het nid nume gschwitzt, wils für ihn isch aasträngend gsy, das Ässe zuezbereite. Nei, d Angscht, es chönnti nid guet usecho, het ihn äbeso plaget. Aber ersch, wo du alli am Tisch grüehmt hei, u ersch, wo d Froue erstuunt si gsy, dass er so guet cha choche, hets ihm du gwohlet.

«U jetze. Was mache mer no?», wott der Dani wüsse.

«Kennsch du Schwarzeburg, Silvia?», fragt der Kurt us der Chuchi. Aber är überchunnt ke Antwort.

«Muesch dahäre cho. D Silvia versteit di süsch nid!», rüeft jetze ds Fränzi zrugg u si sy sech wider bewusst worde, was für Yschränkige so ne Behinderig mit sech bringt. Äs sy ja nid di grosse Sache, wo ds Läbe schwärer mache. Nei, grad äbe a Diskussione nid chönne teilznäh, wil sech d Lüt mit em Gsicht abchere, isch öppis vo däm gsy, wo der Silvia am meischte Schwirigkeite gmacht het.

Si sy sech du schnäll einig worde, si wölle de ds Gaffee nid deheime, sondern underwägs ga näh. Drum sy si du gmüetlech i Richtig Dorf gspaziert. Der Dani het druflos verzellt über «sys» Schwarzeburg. Het ne zeigt, wo der Kurt wärchet oder wo si albe für d Pfadiüebige sy aaträtte.

«Der Dani het mit nech i ds Bahnhöfli wölle ga ässe», seit der Kurt, wo si dert verby loufe.

Der Dani fahrt wyter: «Eh ja, lueget, was da steit: Ässe, wie zu Gotthälfs Zyte ...»

«... zu Priise, wie imene Gourmetämpel!», ergänzt der Kurt.

D Franziska u der Dani hei gredi use glachet. Nume d Silvia het gschwige.

«Was isch mit dir, Silveli?», fragt se der Kurt. Aber o uf di Frag überchunnt er ke Anwort. Grad won är sech umdräit, chunnt ihm i Sinn, dass d Silvia ja gar nüüt cha verstah, vo däm won är seit. Si isch ja hinder ihm sy Rolls am Stosse.

Wo si du dür ds Käppeligässli ueche zu der Kapelle chöme, meint d Silvia: «Dir heit schon es komisches Dorf! Kapelle schrybet er mit eim p u zwee l, ds Gässli, wo zu dere füehrt, de aber grad umgchehrt.»

«Ja, mir Schwarzeburger sy halt ussergwöhnlech. Lueg dir nume einisch üses Dorf aa. Ä richtige Gmischtwarelade. Währenddäm hie, im alte Teil, vil schöni, holzegi Burehüser z gseh sy, hei sech i de Ussequartier moderni Hüser breit gmacht. Das wäri ja no nüüt Bsunderigs. Aber dir chöit de nächär no gseh, was ig dermit meine. We a anderne Orte di moderne Geböid vor allem mit Stei erstellt wärde, hei mir bi üs moderni Holzarchitektur. Schöni u Hässlechi! U, was das Ganze bsundrig macht; zwüsche de moderne, nöie Boute, steit de öppe einisch no nes ganz alts Ghütt. U daderdür git das es Bild, wo me i dere Form sälte gseht.»

Mittlerwyle stöh si i der Kapälle inne. Im Kreis um, damit d Silvia o het chönne verstah, was gredt wird. D Franziska fragt der Dani: «Heit dir nid meh Chilchgänger? Das isch ja es schnusigs Chilchli für so nes grosses Dorf.»

U das Mal isch es der Kurt, wo antwortet: «Üsi Gmeind heisst eigetlech nid Schwarzeburg. So heisst nume der Houptort. Drumum hets no Dörfer wie Lanzehüsere, Elisried oder Mamishuus. Ds Ganze ghört nid zu Schwarzeburg, sondern zu der Gmeind Wahlern, oder äbe Wahlere, wie mir säge. Für zrugg z cho uf dy Frag, Franziska: D Chilche vo üser Gmeind steit nid im Dorf, sondern näbe usse, ufemene Hubel obe. Äbe d Chilche vo Wahlere. U dert häre göh mir Zwöi de einisch. Aber elei! Zum Wäg dert häre han ig drum e ganz bsunderi Beziehig.» Di letschte zwee Sätz het er zu der Silvia gseit, wo vor ihn ache grüppelet isch. Beidi luege sech aa u me gseht, dass da öppis ablouft, wo ke Erklärig brucht. Es Gheimnis, nume zwüsche ihne Zwöi.

Die Vieri sy du no ueche zum Schloss u de wider düre alt Dorfteil zrugg.

«Lue, da isch no der Lade vo Kurt sym Musiglehrer, em Hardy Mischler», seit der Dani u alli luege dür ds Schoufänschter yne. Dinne stöh sächs verschideni Bassgyge, vo ganz schwarz bis ganz wiss, u Bärge vo Note lige ufemene Pult.

«Was? Du spilsch Bassgyge?», fragt d Franziska unglöibig.

«I ha früecher Bassgyge gspilt, bis i nümme ha chönne», u dermit luegt er uf syner Bei. «Syt denn han i gwächslet uf Elektrobass.»

«Spilsch de inere Gruppe?», wott jetze d Silvia wüsse.

«Ja, i spile syt es paar Jahr im Schwyzerörgeliquartett Schwarzwasser», seit der Kurt fasch chli schüch, wil er weis, dass jungi Lüt mit dere Art vo Musig i der Regel wenig chöi aafa.

«Das isch aber de schön! Chan i de einisch mit cho, we der üebet?», jublet d Silvia. Der Kurt macht es unglöibigs Gsicht.

«D Silvia luegt deheime vil Volkstümlech. Si isch mit dere Musig ufgwachse», probiert d Franziska z erkläre, obwohl di zwee Manne nid chöi nachvollzieh, dass sech öpper, wo nüüt ghört, cha für Musig interessiere. Da chunnt em Kurt i Sinn, dass ihm d Silvia einisch gschribe het, dass ihre Grossvatter tüeij örgele.

«Ja, natürlech! I säge dir de, wenn das es geit», beantwortet der Kurt du no di offeni Frag.

Vor luter Nöigkeite u Ydrück hei si du ganz verpasst, underwägs yzchehre u hei drum ds Gaffee bim Dani obe trunke. Gly druf hei sech di zwöi Päärli vonenand verabschidet, nid ohni no grad abzmache, dass me sech de am nächschte Sunntig wider wölli träffe. Das Mal aber de z Wimmis.

Natürlech het o der Kurt ds Twix-Route Programm brucht, für ga z luege, wo di Zwo wohne. D Franziska het ne aber vorhär gseit, dass das de nid so ring göng, wie bi ihne z Schwarzeburg. U richtig: Ds Mühligässli isch wohl ufem Bildschirm erschine, aber zum Husnummero acht, het ke Strass gfüehrt. Der Daniel isch natürlech z stolz gsy, für nachezfrage. U so sy si am Sunntig scho rächt früech underwägs gsy.

Der Dani isch gfahre, wil das der Kurt nümme het dörfe – oder o wil er nümme het wölle. Är het nie drüber gredt, warum er, churz nachdäm sy Chrankheit isch akut worde, sys damals heiss gliebte Outo verchouft het. Är het denn wahrschynlech eis vo de schnällschte Fahrzüg i der Umgäbig vo Schwarzeburg gha. Brandschwarz, mit silberige Sportfälge. E Golf GTI. Aber elei das hätti ja no nüüt Bsundrigs bedütet. E schwarze GTI het denn mänge gha. O z Schwarzeburg. Aber we me de under d Motorhube gluegt het, de het me zwar nid meh gwüsst, aber me het chönne vermuete, dass mit däm Motor no ettlechs ggangen isch. Är isch vo einere vo de bekanntischte Motorewärchstett tunet worde. U zwar uf ds absolute Maximum. Der Kurt isch dennzumal stolz gsy, wen er de albe uf der Outobahn mit sym «gwöhnleche» GTI het chönne emene Porsche undere füüre. Aber äbe. Irgendeinisch hets bi ihm klick gmacht u du het er das Outo verchouft. U zwar nid öppe eifach öpperem. Obwohls i der Umgäbig vil jungi Lüt gha hätti, wo das Outo liebend gärn hätte gchouft. Nei, är het sy Chöifer usgsuecht.

«Weisch, e Waffe verchoufsch o nid irgendöpperem. Du muesch wüsse, dass der Chöifer mit dere cha umgah. Das gilt o für das Outo», het er nume gmeint, wone der Dani einisch druf aagsproche het.

Jetze biege si vo der Outobahn ab u fahre i ds Dorf yne. So der Spur na het der Kurt d Charte no im Chopf: «Jetze rächts!», befihlt er. «Da vorne de no einisch rächts – nei, no nid da!», rüeft er, wil der Dani der Blinker scho useta het. Me merkt dene beide Manne d Närvosität aa. U di änge Gässli z Wimmis trage o nid grad zur Beruehigung by.

«Seich! Mir sy z wyt rächts», fasst der Kurt zäme. «Jetz muesch links. De göh mer halt wider zrugg.»

U so hei si du no einisch aagfange.

«Ja, jetzt chunnts guet! Lueg da ds Amtshuus, das isch o ufem Plan gstande. Jetze links, u de grad ...», wyter isch er nid cho.

«Gsehsch das runde Signäleli mit em rote Rand un em wysse Fläcke drinne. Bsinnsch di no, was das bedütet oder fahrsch scho z lang nümme Outo?», hänslet ne der Dani.

«Shit!!», entfahrts em Kurt. E Usdruck, won er eigetlech sälte brucht. Är luegt ganz yfrig nach links u rächts, findet aber ke Wäg.

Du erlöst ne der Dani: «Wie hesch gseit, wie di Strass heisst? Mühligässli? I gloube, i weis, wo das isch. Chumm. I parkiere hie u de sueche mer das Gässli z Fuess.»

«Jä Chabis. I lüte schnäll der Franziska aa. De söll si nes cho reiche», schlat der Kurt vor.

«Nobis! Nüüt isch! Älwä scho göh mir ga säge, mir heige der Wäg nid gfunde. Sicher nid!», winkt er ab, währenddäm er em Kurt zum Outo us hilft.

«Weisch, mit chli Grütz im Gring finde mer das Gässli nämlech scho. Das isch sogar ganz liecht!», prahlet er. «Bruch doch einisch dyner Ghirnzälle für öppis Anders, als geng nume für a d Silvele z dänke», hänslet er wyter. «Was bedütet der Name Mühligässli, he? Mühli! U wo isch frücher e Mühli gstande, wo? Richtig! Amene Bach. Dert wo ds Mühlirad Wasser het übercho zum Drääie. Also müesse mer nume der Dorfbach finde. De hei mers.»

Eigetlech het er Rächt. Das wäri di logeschi Folg. Aber nid z Wimmis! Dert hei si drum vor Jahrzähnte der Dorfbach, äbe der Mühlibach, überdeckt u druf ueche d Strass boue. Nume no de Betonplatte na cha me vermuete, wo früecher einisch der Läbesnärv vo däm Dorf isch düreggange.

Die Zwee hei du aber glych no Glück gha. Ihne isch es yheimisches Päärli begägnet, wo si hei chönne frage. U so sy si du vor däm Huus, Mühligässli acht, gstande u hei nid rächt gwüsst, was si mit däm Geböid sölle aafa.

«Das isch ja d Mühli sälber!», rüeft der Dani, won er ds Schildli a der Fassade list. Di Information ghört zu der Beschriftig vom Simmetaler Huswäg, wo vo der Längg bis uf Wimmis füehrt.

«I sonere historische Hütte wohne die Zwo?», fragt der Kurt unglöibig.

«Warum o nid?», meint der Dani troche u stosst sy Kolleg i Richtig Husygang.

Der Empfang isch härzlech. D Franziska u der Dani

göh vorus u d Silvia grüppelet vorem Kurt ache für em afe einisch es Müntischi z gä. Das tuet guet.

Die Vieri göh i ganz lockerer Stimmig uf Wohnigsbesichtigung. U so wie sech der Wohnort scho vo usse presentiert het, so gseh o di beide Wohnige us. Beide het me düre glych Ygang erreicht u beide sy im Grundriss öppe ähnlech. Aber – wie z Schwarzeburg – hei o bi de Froue di eigete Charaktere d Wohnigsyrichtig prägt. Bim Fränzi het ds Traditionelle vorgherrscht. Si hets guet verstande, di gschichtsträchtegi Mühliwohnig entsprächend yzrichte. D Silvia hingäge het probiert der Spagat z mache zwüsche der uralte Mühli u der moderne Kunscht. Nöis u Alts als Gägesätz. Aber geng no so, dass es irgendwie isch ufgange.

Z Wimmis het ds Fränzi gchochet. Äs het wunderbar gschmöckt. U grad so wie di Gescht hei usgseh, hei si o gässe. Der Dani het uf sy sportlechi Figur gluegt, währenddäm der Kurt ynetischet het, dass me hätti chönne meine, är heigi di ganzi Wuche nüüt zwüsche d Zähn übercho. Ds Fränzi het das als Komplimänt aagluegt un äs het em guet ta. Äs, wo deheime geng het müesse ghöre, äs sygi nüüt, chönni nüüt, u wärdi sicher nie öppis wärde ...

Wo si hei ds Gaffee trunke gha, macht d Silvia e Vorschlag: «Mir zeige dene beidne einisch chli üses Dorf. Syt er derby?»

Natürlech hei alli zuegstimmt. Der Dani u ds Fränzi göh wider vorus u d Silvia stosst der Kurt hindenache. Ds Fränzi kommentiert d Umgäbig u me het guet gmerkt, dass si nid nume hie wohnt, sondern sech o hie deheime füehlt. Si het über mängs Huus z brichte gwüsst. Un äs het o mängs Huus z bestuune ggä.

Der Dani meint du: «I bi scho mängisch näbe däm Wimmis düregfahre. Ha ds Schloss, u unde dranne d Chilche gseh. Aber dass das Dorf so vili alti, wunderschön pflegti Hüser het, hätti nie dänkt. Würklech e Überraschig!»

U wo si du wider hei müesse Abschid näh vonenand, het o der Kurt gwüsst z rüehme: «Wimmis! Das isch für mi bis jetze es Dörfli zwüsche Outobahn u Niese gsy. Am Fuess vom Schloss, mit es paar Hüser. Nüüt Bsundrigs. Jetz weis i aber, dass dir amene ganz schöne, u mit öier Wohnig o amene ganz spezielle Ort wohnet.»

«Hesch ne gärn, gäll?», seit d Silvia, wo d Manne scho lengschte verschwunde si gsy. Derzue strychlet si ds Büssi vo der Franziska.

«Äh, was sölli säge? Natürlech man ig ne guet. Är isch härzlech, ufgstellt, spontan u lieb. Aber i länge ihm doch nie. Lueg mi aa: dick, bleich, ängschtlech, schüüch – das mues ja jede Maa vertrybe.»

«Richtig!», meint d Silvia u fahrt grad wyter: «We du so dänksch, vertrybsch ne würklech. Du Huehn! Lue di doch einisch mit der ufgstellte Brülle a. Nid mit der Kritische. Du hesch füüregi Ouge, dunkli, verfüehrerischi Haar, bisch hilfsbereit, ufgstellt u we de albe dä Hälferblick füre chersch – i bi sicher, der Dani cha däm nid widerstah.»

Beide hei glachet. Aber me het gseh, dass der Franziska ihrer Ouge chli hei aafa glänze. Si ischs nid gwanet gsy, dass me ihre di guete Syte zeigt. Aber für ne settegi Understützig isch si der Silvia geng wider unändlech dankbar.

«U de du? Wie gsehts de bi dir us, mit em Kurt?», fragt si jetze zrugg.

«I ha ne gärn. Nei, i ha ne fescht gärn. I bi verliebt! Es isch ds erschte Mal, won i gspüre, dass mi öpper gärn het. Trotz myre Behinderig. Der Kurt zeigt nid Beduure sondern Liebi. Das gspüren i ganz fescht. U das isch der Underschied. Das machts us!»

Dä Redeschwall isch so spontan cho, dass ds Fränzi d Silvia lang aagluegt het u du troche meint: «Uh! Di hets glouben i rächt verwütscht!»

D Silvia het vor ache gluegt, d Chatz gstrychlet u me het nid vil Fantasie brucht, für z merke, wo ihrer Gedanke sy häre ggange.

O d Franziska het überleit. Aber nid ganz glych wie d Silvia. Währenddäm di Einti überglücklech isch gsy, dass si mit ihrer Behinderig öpper gfunde het, wo se mag, het di Anderi nid gwüsst, wo si mit ihrne Gfüehl häre söll. Si het ja o scho e Beziehig hinder sech gha. Die isch gschyteret a der Unehrlechkeit vom Maa. U vilecht o – ömel so hets d Franziska äbe o gseh – wil si sech gägenüber däm Maa lätz verhalte het. Si isch us dere Beziehig drus gloffe, wil si ds Gfüehl het gha, si sygi mitschuldig a dere Situation. Ihre hets a Sälbschtwärtgfüehl gmanglet. A eigeter Sicherheit. Si het sech syt denn nie meh richtig mit em Gedanke chönne aafründe, dass da einisch öpper chönnti sy, wo sii, ihri Art, ihre Charakter u ihres Ussehe chönnti möge. Aber jetze isch das e chli anders. Si gspürt, dass der Dani se mag. So wie si isch. U zwar ohni Wenn u Aber. Si gspürt, dass er se gärn het. Eifach so. U das het se schwirig dünkt. Si ischs nid gwanet z näh. Si het geng müesse gä. U we si öppis übercho het, sys i der Regel Vorwürf oder Aaschuldigunge gsy.

«I möchti ne einisch ga bsueche – aber elei», brösmelet si jetze füre. U grad wo si das gseit het, isch si sech bewusst worde, was si dadermit meint. Vor Chlupf het si sech mit der rächte Hand ds Muul verha. Grad so, wie früecher, were ihre der Vatter am Tisch wüescht gseit het.

«Waau, Fränze, was isch i di gfahre? I kenne di ja gar nid. So spontan! Aber Rächt hesch. Mir läbe hüt! U wär weis, öb nes morn nid der Techel ufe Gring gheit? De wärs doch de schad, we mer nid hätte probiert, wies wäri, we ...» U nach ere Pouse seit si ruehiger: «I findes guet, we mer einisch unabhängig vonenand mit dene Zwee zäme sy. Aber i gseh da es Problem: Wie chunnt der Kurt hie häre, we du z Schwarzeburg bisch? Är darf ja nid mit em Outo fahre. U elei mit em Zug ischs für ihn o nid eifach. Chönnte mers nid chere? I gah u der Dani chunnt. De muesch de o grad nid angschte wäge der Büüsse.»

D Franziska isch natürlech dermit yverstande gsy. Beide hei sech scho uf di Begägnige aafa fröie.

«Han ig se würklech gärn? Oder isch es wägem Kurt? Wil ig ihm d Silvia mag gönne? Wil i froh bi für ihn, dass o är e Beziehig cha ufboue? Oder isch ds Fränzi würklech e Frou, won ig mir meh chönnti vorstelle, als nume e flüchtegi, oberflächlechi, schnälli Bekanntschaft?» Das sy Frage, wo sech der Dani ufem Wäg gäge Wimmis stellt.

Aber o z Wimmis hets ghirnet: «Bis ehrlech zue der. Der Dani isch doch e wältgwandte Maa. Het dür sy Tätigkeit als Journalischt täglech mit so vil Lüt z tüe. U de chunnt dä grad usgrächnet uf di. Mach dir kener Yllusione! Dä ma di nume, wil du d Fründin vo der Silvia bisch. Meh isch da nid! Hör uf, dir Hoffnige z mache.» So het d Franziska dänkt.

Mit dene Vorgabe sy sech du di Beide gägenüber gstande. Der Dani, sicher i sym Ufträtte, aber total verunsicheret i syre Seel u ds Fränzi unsicher, vo dert bis äne use.

Der Dani isch i Sässel ghocket u het d Händ vor de Chnöi verschränkt. Är het gspürt, dass das Ganze fürchterlech verchrampft isch. Gueti, spontani Wort het er nid gfunde u ds schüche Fränzi het zur Entspannig o nüüt chönne bytrage. Das Päärli isch z beduure gsy. Eigetlech hätte si beidi vil z brichte gha, aber kes het chönne us sech usegah.

«Hoppla!», seit der Dani u luegt ganz komisch us der Wösch. Är isch rächt erchlüpft, wo em Fränzi ihri Chatz plötzlech uf sym Schoss glandet isch. Das Tier het ne aagluegt, het chli gchürelet, sech langsam um sech ume drääit u isch du uf sym Schoss abgläge, so wie wes das scho syt Jahre würdi mache.

«Das gits ja nid!», rüeft d Franziska. «Der Minusch spinnt!» Dermit steit si uf, reckt sech a Chopf u dräit sech, ähnlech wie d Chatz vori, nume dezidierter, z ringsetum. Si chas nid fasse!

«Was isch da dranne so komisch? Di Büüsse schynt mi z möge!», seit er. Im Gägesatz zu dir. Aber dä Teil dänkt er nume.

«My Herr Kater isch no nie öpperem ufe Schoss

gläge, won er nid mindeschtens es paar Wuche kennt het. Du gloubsch nid, wie mänge Aalouf d Silvia het müesse näh, bis dä zu ihre isch zuetroulech worde. U jetze chunnt dä, gumpet uf dy Schoss u leit sech ab. I gloubes geng no nid!» D Ergelsterig vom Fränzi isch spürbar.

«Ihn schynts z fröie, dass i hie bi», git der Dani chlylut Bscheid.

«Nid nume ihn!», seit jetze ds Fränzi imene Ton, wo der Dani ganz weich macht. Ohni dass der Minusch mues Platz wächsle, rütscht er so uf d Syte, dass ds Fränzi näben ihm Platz findet.

Si luege enand läng aa. Der Dani het geng no ei Hand ufem Minusch u strychlet ihn ganz fyn. Di Anderi aber brucht er, für em Fränzi z zeige, dass er nid nume d Chatz gärn het.

Der Minusch het du gly einisch gmerkt, dass er da ds dritte Rad am Wage isch u het sech uf sys Decheli zruggzoge.

Die zwöi Andere hei lang mitenand gredt. U daderby het ds Fränzi gmerkt, dass der Dani nume halb so sälbschtsicher isch, wien äs gmeint het. Aber o der Dani het vo sym Gägenüber ganz anderi Syte glehrt kenne. Ds Fränzi isch nämlech nid nume unsicher, zaghaft u schüch. Nei, äs het eigetlech o rächt guet gwüsst, was es wott. Äs het das aber nume sälte gwagt uszdrücke.

«Chumm, mir göh irgendwohäre öppis ga ässe», schlat der Dani vor u drückt sy Finger uf d Lippe vom Fränzi, wil er genau weis, dass si jetze wetti säge, si heigi für ds Znacht ygchouft.

«Hüt wird nüüt ploderet! Hütt wird gfyret! Weisch

e gueti Beiz?», fragt er. Wider sälbschtsicher, wie eh und jeh.

Aber o em Fränzi het di nöi gwunneni Sicherheit Uftrieb ggä: «Ladsch du mi y?», fragt si keck.

«Hoppla! D Madame stellt scho Aasprüch. Natürlech laden ig di y. Aber nume, we du di nächschtens revanschiersch.»

«Abgmacht. Aber denn de bi dir z Schwarzeburg.»

«Sälbschtvernatürlech», gspässlet er, nimmt ds Fränzi a nes Ärveli, u faat afa schmüüsele.

«Eis nachem Andere!» Di jungi Frou lachet u windet sech us der Umarmig use. «I schla vor, mir göh i d Chemihütte uf Äschiried. Dert hei mer no e schöni Ussicht uf Thun ache – bi däm Wätter sicher öppis, wo nes guet tuet.»

Bim Nachtässe – si hei sech e guete Bitz Fleisch u derzue vil Salat bstellt – hei du beidi d Ussicht vergässe. Si hei sech vil z verzelle gha. Vo ihrer Jugend, vo ihrem Bruef. Aber o vom Kurt u vo der Silvia. Äs isch ömel du spät worde, wo si z Wimmis sy ga lige.

O d Silvia isch unsicher gsy, wo si gäge Schwarzeburg gfahre isch.

«Het mi der Kurt nid nume gärn, wil ig o behinderet bi? Sy mer nid nume interessiert anenand, wil mer beidi ähnlechi Schicksal z dürloufe hei? Isch da öppis vo Liebi ume, oder isch es nume Vernunft, oder – no schlimmer – bin i nid nume am Kurt interessiert, wil er mi mit syre Behinderig versteit? Längt das für en Ufbou vonere Beziehig?»

Frage über Frage het sech d Silvia gstellt. Un es isch verwunderlech gsy, dass si no gnue Ufmerksamkeit het chönne ufbringe, für d Outofahrt ohni Unfall z überstah.

«Hallo Silvi», begrüesst der Kurt sy Fründin. U die gspürt mit eim Schlag, dass all di Frage ke Wichtigkeit meh hei gha. Si bückt sech zum Kurt ache u drückt ihm äs ganz längs Müntschi uf ds Muul.

«Wou!», rüeft dä. «No nid emal d Huustür zueta u scho abgmüntschelet. Das isch es Läbe!»

«I has nötig gha, di z gspüre. I ha mi gfröit druf», obwohl i no uf der Fahrt hie häre ganz u gar nid dere Meinig bi gsy, het si dänkt.

«Chumm yne!», seit der Kurt u radlet mit sym Rolls vorus.

I der Stube inne hocke si enand gägenüber ab. Ganz outomatisch. So cha d Silvia der Kurt besser verstah.

U o sii hei sech vil z verzelle!

«Wie chunnsch du eigetlech zrächt mit dyre Ghörlosigkeit? I chönnti mer nid vorstelle, nüüt z ghöre. Das mues verruckt sy.»

«Ja, das isch scho speziell gsy – ömel am Aafang. Weisch, i ha ja völlig vo eim Tag ufe Andere nümme ghört. Gar nümme. Lang han i dänkt, dass sygi nume vorübergehend. Ersch vil später han i probiert, mi mit dere Situation abzfinde. Das isch für mi e ganz schwiregi Zyt gsy. Mys Sälbschtwärtgfüehl isch total am Bode gläge. I ha niemer meh möge. Nid emal mi sälber. D Eltere han i denn ganz abglehnt u nume wil die sehr verständnisvoll reagiert hei, u wil o myner Grosseltere mi so gno hei, wien ig denn halt du bi gsy, han i der Tritt wider gfunde. U weisch, was für mi ganz wichtig isch gsy? Der Grossätti! Dä isch mit mir i d Schönetanne ga Musig lose. Wie früecher. Wie we nüüt wäri gsy derzwüsche. Das het guet ta. Das het mi gstercht. U naadisnaa han i mi wider aafa akzeptiere. Ha mi für voll chönne näh – wie das myner Nächschte o hei. Natürlech han i vil Problem z löse gha: i der Schuel, im Bruef, mit de Kolleginne, uf der Strass. Überall bin i – vo eim Tag ufe Andere – Ussesytere gsy. Aber dank verständnisvolle Lehrer, Lehrmeischter u Fründe, isch du um mi um es Umfäld entstande, wo mir gholfe het, my Schicksalsschlag z trage. U später du, won i mi chli ha vo dere Umgäbig abgnablet gha, isch ds Fränzi uftoucht, wo mir unändlech vil zlieb het ta u geng wi-der tuet.»

So het d Silvia verzellt. Si het no ganz vil Müschterli – luschtegi u truuregi – uftischet. Der Kurt het mal glachet, u mängisch het er o Müei gha, d Träne zrugg z ha.

«Mit was hesch jetze am meischte Schwirigkeite?», wott der Kurt no wüsse.

«Mit em undütlech Rede. U mit em Verpipäpele. I cha mängisch nid verstah, dass Lüt gägenüber mir chöi i Bart yne brümele, obwohl si wüsse, dass i nüüt ghöre. So chan i halt ihri Lippe nid abläse u verstah nüüt. Das cha mi de fuchstüüfelswild mache. Aber o die, wo «eeeh du Arms» trällere, man i nid verputze. I bi nid arm! I ghöre nüüt, das isch alls. Süsch bin i normal, wie jedi Anderi o. U we si mi wei behandle wie nes chranks, zittrigs, schwachs u ängschtlechs Persönli, de chan i myner Roubtierchralle füre la ...», seit si chratzbürschtig.

«Du u dyner Chralle wölle füre la? Das chan ig mir nid vorstelle.»

«Warts ab! Wen ig de so mache», u dermit bewegt si lachend ihrer Händ wie d Chralle vomene Tier zum Gsicht vom Kurt «de isch de mit mir nümme guet Chirschi ässe ...»

«Hiilfe! Es Roubtier», lachet o der Kurt.

D Silvia fragt du, wider ruehiger, wyter: «Aber wie isch de das bi dir gsy, wo du gmerkt hesch, dass mit dir öppis nümme ganz so isch, wie vorhär?», chert d Silvia d Fragerundi.

«Ja, das isch am Aafang eigetlech ganz luschtig gsy», faat der Kurt aa, sys Schicksal z verzelle. «I bi einisch amene Aabe im Usgang, ganz grundlos, gredi use ufe Bode gheit. Natürlech het alls gröölet, wil jede gmeint het, i heigi z vil Alkohol verwütscht. O i sälber ha glachet u ha mir nüüt derby dänkt. Dass mir ds eine Bei scho lengeri Zyt weh ta het, han i gar nid richtig zur Kenntnis gno. Wo du aber der Schmärz isch stercher worde, bin i zum Dokter. U dä het mer du nach wuchelange Undersuechige, nach X Salbene u Tablette, ganz langsam probiert byzbringe, dass i MS heig. Für mi isch das denn no nüüt Dramatisches gsy. Fasch so, wie wen er mir gseit hätti, i heigi chli e höche Bluetdruck oder e Angina sygi im Aamarsch. Ersch mit der Zyt, won i mi du dermit ha müessse aafa befasse, isch mer ds Usmass klar worde.»

«Was isch de das eigetlech, Multiple Sklerose?»

«Das isch gar nid so eifach z erkläre», probierts der Kurt. «Warum si usbricht, weis niemer gnau. Klar isch nume, dass ds Zentralnärvesystem spinnt. I der Regel i Schüeb. Bi mir zwar nid so starch, derfür rächt regelmässig u lang. Drum bin i scho rächt schnäll im Rolls glandet. U behandle cha me MS o nid richtig. Am Aafang het mi üse Dokter zumene Psycholog gschickt, für dass i das Schicksal besser lehri trage, het er gseit. Won i du aber gmerkt ha, dass dä Seeleschlosser sälber meh Problem het gha als ig, bin i nümme zuenem u ha mi sälber therapiert. Äs isch nid eifach gsy, aber es isch ggange.»

«Was isch de aber bi dir ds Schlimmschte?», wott o d Silvia wüsse.

«Weisch, i bi e Gmüetsmönsch. I has gärn luschtig u gmüetlech. Un i bi gsellig. Wen i under Lüt bi u so richtig zfride myner Sprüch cha chlopfe, de merken i, dass vili nid chöi verstah, warum i jetze nid verdrückt u truurig i mym Rolls inne hocke u der Gring la la hange. Ds Unverständnis u ds Missbehage vo Dritte, gägenüber myr Fröhlechkeit als körperlech Behinderete, isch für mi di gröschti Belaschtig. I bi Optimischt, luege ds Beschte us myr Situation z mache – u das chöi gwüssi Lüt gar nid verstah.»

Är het e Pouse gmacht u derby ueche a d Dechi gluegt.

D Silvia het gmerkt, dass er i ds Grüble chunnt u het drum probiert ds Thema z wächsle: «Hesch o Hunger?», fragt si ne.

«Geng um die Zyt!», seit er.

D Silvia het ne aber scho so guet kennt, dass si gmerkt het, dass das nume halb so luschtig gmeint isch, wies tönt het.

«I schla vor, mir göh i d Schönetanne ga ässe. Erinnerige uffrüsche. Bisch yverstande mit dere Idee?», seit si sälbschtsicher.

«Natürlech. Vilecht spilt sogar no der Kappeler Hansruedi», hoffet er. Är weis aber nid, wie das würdi würke, wil ihm ersch jetze bewusst wird, dass d Sivia ja nüüt dervo hätti.

«Das wär super! Wie zu myre Jugendzyt», rüeft si fröidig u achtet nid uf ds Zögere vo ihrem Gägenüber.

Dä dänkt sech, dass das wahrschynlech genau das isch, wo d Silvia uf d Palme bringt. Lüt wo sech geng Gedanke mache über ihri Behinderig, statt di jungi Frou so z näh, wie si isch.

U lut seit er du: «U aaschliessend wott i dir de no öppis ganz Speziells zeige.» D Silvia isch aber bereits ihrer Sache am Zämesammle u drum het si der letscht Satz nümme mitübercho.

Musig het i der Schönetanne zwar niemer gmacht. Es isch aber glych es gmüetlechs Binenand worde.

«U was wei mer jetze no ga mache?», fragt d Silvia, nachdäm si zu der Beiz us sy.

«I zeige dir öppis. Mir müesse e chli fahre. Nid wyt. Stig y. I säge der de wo düre dass de muesch.» U scho fahre si wider gäge Schwarzeburg zrugg.

Churz vorem Dorf biege si rächts ab u de geits ache zum Bach u nächär der Bärg zdüruf.

«Da obe steit d Chilche Wahlere. Won ig ds erschte Mal i my Rolls ha müesse, bin i unändlech truurig gsy. I ha nid wölle begryffe, warum dass grad ig ...», seit der Kurt troche. «Us Fruscht, Töibi, Enttüschig u süsch no mit Huffe schlächte Gfüehl, bin i dä Usflug ga mache. Hie ueche zu dere Chilche.»

«Was? Da ueche? Mit em Rollstuehl? Du spinnsch ja!», rüeft d Silvia.

«Ja, das stimmt. Mir hets denn würklech gspunne.

Es isch es eländs Gmurgs gsy, mit em Rolls da ueche z chnorze. Un es het enorm Chraft brucht. Aber i verstah mi no hüt. Jung bin i gsy. Undernähmigsluschtig. Di ganzi Wält vor mer. U du vo eire Stund zu der Andere im Rollstuehl. Obwohl i irgendwie vorbereitet bi gsy, han ig das nid eifach so chönne verchrafte. I ha e Schuldige gsuecht u gmeint, i findi dä i der Chilche.»

Me het d Bitterkeit geng no usem Kurt syne Wort useghört.

D Silvia het gspürt, dass das won är ihre wott zeige, no geng nid ganz verwärchet isch. Si het sech vorgno, ihm bi dere Vergangeheitsbewältigung ganz fescht wölle z hälfe.

Si het ds Outo unde ufe Parkplatz gstellt u du het si der Kurt zu der Chilche ueche gstosse. Gredt hei si nid. Jedes isch syne Gedanke nacheghanget.

I der Chilche inne isch der Kurt vorusgfahre u het links näbem Toufstei aaghalte: «Won i hie ueche gfahre bi, han i wüescht ta. I ha mit allne Heilige, won i vo der Underwisig här kennt ha, tüüflet. Hie inne han ig ne unerchannt wüescht gseit. Lut u dütlech. I gloub, we öpper i der Chilche wäri gsy, si hätte mi wäge Gottesläschterig aazeigt. Aber das het use müesse. Warum MS? Warum grad usgrächnet ig? Das isch geng wider d Frag gsy. Du bin i hie, genau a dä Platz füre gfahre. Hie zu däm eifache Holzchrüz. U grad wie jetze o, sy da dranne so Zedeli ghanget. I ha, wil i us luter Truur nümme gwüsst ha was mache, so nes Zedeli gno u gläse. U was druffe gstande isch, isch dür mi dür, wie ne Blitzschlag! E chindlechi, unsicheri Schrift het dert druf gschribe gha:

Liebe Gott. My Brueder het AIDS. Hilf ihm, dass er nid mues stärbe. Süsch han i gar niemer meh uf dere Wält.»

D Silvia isch vore Kurt häre gchnöilet, het ihn umarmet u du hei si beidi ds luter Wasser grännet.

Wo si sech wider beruehiget hei gha, isch der Kurt der Silvia no ds Grab vo syne Grosseltere ga zeige un är het sech grüslech chönne närve ab däm Fridhof: «Muesch jetze einisch luege wie die di Grabsteine usgrichtet hei. So steril! Wie i der Achtigstellig stöh si da. Eine näb em Andere. Wie ufemene Soldatefridhof. So chalt u troche. Für mi unverständlech.»

D Silvia het nüüt druf gantwortet. Was hätti si o sölle säge. Fridhöf sy nid ihres Gebiet gsy. Si hets ehnder mit em Läbe gha, nid mit em Tod.

«So. Jetze han i ändgültig Fride gmacht mit mym Schicksal. Un ig bi dir unändlech fescht danbar, dass du mit mir hie ueche bisch cho. Weisch, syt denn, won i dä Zedel gläse ha, bin i nieme hie obe gsy. I ha mi nid getrout, wil i nid gwüsst ha, wien ig wirde reagiere u füehle», brichtet er chli chlylut.

«Un ig bi froh, dass i di ha dörfe begleite u dass i dir ha chönne hälfe. Du liebe Mönsch, du!»

Ohni no wyteri Wort z verliere, sy si du zdürab u gäge heizue.

Deheime hei si du no gmeinsam es Glas Rotwy gnähmiget. Daderby het sech der Kurt als rächte Kenner erwise. Är het d Silvia nach ihrem Wygschmack usgfragt u het du e für si wunderbare Tropfe ufta u ygschänkt.

Si sy beidi ufem Bett gläge u hei enand gärfelet. Un är het du dörfe erfahre, dass d Silvia e ganz aahänglechi Schmichelchatz isch. Aber o der Kurt het mit Zärtlechkeite nid zrugg ghalte. Si sy ganz fyn gsy zunenand. Nume öppis het der Silvia Chummer gmacht u si het nid gwüsst, wie si das Problem söll aagah. Si het vermuetet, dass das es ganz heisses u schwirigs Thema chönnti wärde. Der Kurt het di Befürchtig aber suverän glöst. Won er der Silvia am Ohr ume zünglet het, het er ihre zärtlech zuegchüschelet: «Überigens! Myner Bei tüe zwar nümme so wie si sötte. Das betrifft aber nume myner Bei ...» U dermit leit er sech ufe Rügge u lat sech vo syre Liebschte la verwöhne.

«Ding, Ding.» Di zwee lute Piepstön hei der Kurt gweckt. Är kennt se. So tönt sys Natel, wes es SMS empfat. Der Kurt het sys Telefon gsuecht, us du am Bode bi syne Hose gfunde. Är het derby glächlet, wil er dra dänkt het, dass es geschter Aabe nümme glängt het, für d Chleider ordentlech z büschele.

«Silvi! – Hallo! – Schatz! – Ufstah!», seit er u fahrt syre Liebschte mit de Finger zärtlech dür di länge, blonde Haar. Si murmlet öppis vo «mitts i der Nacht» u «hör uf mi plage.»

Der Kurt lat aber nid lugg. Är nimmt ihre ds Dachbett wäg u rüeft: «He, du Pennerli! Ufstah jetze! Mir hei es SMS übercho. D Franziska u der Dani erwarte üs am Zwöi uf der Bütschelegg zu Merängge u Nidle.»

D Silvia het sech uf u stützt sech uf d Ellböge: «No einisch. Aber bitte ganz langsam», bättlet si u si gseht us, wie we si no nid mit allne Sinne uf däm Planet wär.

«Also, i widerhole: Am Zwöi sy mir zwöi uf der Bütschelegg. Zäme mit der Franziska un em Dani.»

Langsam steit d Silvia uf, u der Kurt gseht, wie ihre wunderschön Körper i Richtig Badzimmer verschwindet.

Är sezt sech uf d Bettkante u lat syner Gedanke la weide. So vil Glück wien är het, chan er nämlech nid eifach begryffe. Für das brucht er no chli Zyt.

Wyteri Büecher vom Ernst Hunziker:

Unglych
(Der erscht Krimi mit em Fahnder Flück)
Seebad isch es chlyses, idyllisches Dörfli i der Umgäbig vo Interlake. Dert stöh drü Hotel. Zwöi sy i Betrieb. Ds Dritte söll nächschtens wider eröffnet wärde. E nächtleche Brand zerstört aber das Gebäud. Isch es Brandstiftig, oder sy die beide andere Hoteliers a däm Brand beteiliget?
E zuesätzlechi Ufgab füre Fahnder Flück. Dä hätti eigetlech gnue eigeti Problem z löse: Eine vo syne Mitarbeiter fallt us u dr Ersatz wo ihm sy Vorgsetzt organisiert het, macht ds Ganze nid eifacher. Zum Glück cha der Fahnder am Aabe für d Tällspieluffüehrige ga probe. Dert chan er i ne anderi Rolle schlüffe u der Alltag vergässe. Oder doch nid ganz?

E leidi Gschicht
(Der zweit Krimi mit em Fahnder Flück)
Z Seebad isch gschosse worde. Schynbar hets e Person preicht. So bhouptets ömel e Bewohner vom Cholchosehuus. Der Fahnder Flück findet aber wäder e Täter, no es Opfer. Derfür merkt er, dass i däm Huus nid alli so nätt zunenand sy, wie si ihm vorspile. Won er gspürt, dass d Bewohner o d Lüt vom Nachbarhuus usgränze, wirds für e Fahnder kompliziert u gnietig.
Gnietig isch es aber o privat. Sy Frou het Chnörz mit sich sälber. U o bi sym Hobby, em Tällspiel, louft nid alls so, wies der Fahnder gärn hätti.
I däm Krimi wird mit Mönsche gspilt. Darf me das? Oder isch das unakzeptabel? Die Frage stelle sech em Fahnder i dere spannende Gschicht, zwüsche Thuner- u Brienzersee.

Unspunne
(Der dritt Krimi mit em Fahnder Flück)
Ds Alphirtefescht, wo Stadt u Land söll verbinde, isch vorbereitet. D Teilnähmer u d Bsuecher chöme langsam i Feschtluune. Nume wenegi wüsse, dass die fridlechi Stimmig tüüscht. Sys d Béliers wo – einisch meh! – Unspunne

wei missbruche, für politisches Kapital drus z schla? Oder stecke anderi Chreft derhinder?

Wo im Tällspielareal während ere Uffüehrig gschosse wird – u zwar nid nume mit em Täll syre Armbruscht – droht däm eigetlech fridleche Fescht sogar der Abbruch.

Adväntszyt
Dusse strubussets, es isch fyschter u chalt. Nachdäm me der Novemberblues einigermasse schadlos überstande het, faat eim der bevorstehend Wiehnachtsstress uf ds Gmüet aafa drücke. Was gits da dergäge bessers, als es heisses Tee, Cherzeliecht – u Wiehnachtsgschichte?

Allergattig
Ds Läbe schrybt bekanntlech allergattig Gschichte. Zum Bispil läbigi, kuurligi, kritischi oder o spezielli. Vo dene brichtet das Büechli. Es sy nid wältbewegendi Gschichte wo da verzellt wärde. Wil ds Läbe sälber ja o nid wältbewegend isch. Es sy Churzgschichte wo zum Nachedänke, zum Chüschte, zum Gniesse u mängisch o zum Grediuse- lache sölle aarege.

Si sy dür mängs Jahr dür entstande. Un es isch erstuun- lech, wie zytlos vili Gschichte i dere schnällläbige Zyt bblibe sy.

Erhältlech sy die Büecher im Buechhandel.
Wyteri Informatione über e Outor u über sys Schaffe über- chömet dir uf der Websyte: www.ernsthunziker.ch